KB261209

계엄령

힘움

머리말

이 작품은 역사적 사실을 바탕으로 재구성한 소설입니다.

우리가 알고 있는 역사가 진실일까요? 역사적 사실(事實)이라는 행간에 역사적 진실(眞實)이 숨어 있습니다. 조카의 왕위를 찬탈하여 왕위에 오른 수양대군이 죽은 후에 신숙주, 한명회, 강희맹, 이극돈 등 수많은 편수관에 의해 《세조실록》이 편찬되었습니다.

계유정난(癸酉靖難)이라는 쿠데타에 참여한 사람과 왕위에 오른 그에게 충성을 맹세하며 부귀영화를 누렸던 자들이 과연 진실된 역사를 썼을까요? 진실된 역사를 기록했다면 자기부정이 될 것입니다. 그래서 역사는 승자의 기록이라고 합니다.

사관이 목숨 걸고 진실을 기록했다 해도 사초는 편찬 과정에서 조지서(造紙署)에 끌려가 먹물이 씻겨 나갈 수 있었을 것입니다. 때문에 《조선왕조실록》이 기록의 보고로서 세계 문화유산으로 존중을 받고 있지만 때론, 《연려실기술》과 때 묻지 않은 야사가 높은 평가를 받고 있기도 합니다.

1910년 을사늑약에 의한 강제 한일병탄 이후, 일제 압제와 해방과 한국전쟁, 그리고 독재 시대를 거치는 동안 수많은 역사적 파편이 여기저기 흩어져 있습니다. 음지에 묻혀 있는 편린을 모아 퍼즐을 맞추는 것은 우리들의 몫이라고 생각합니다.

2025년 6월 17일
마전재에서 **이정근**

목차

자하문고개에
오얏꽃이 피었습니다

백악산 정상 ⓒ 이정근

백악산은 예삿 산이 아니다. 조선시대에는 가뭄이 들거나 재난이 닥쳐 백성들이 힘들어하면 왕이나 왕실 가족이 직접 산에 올라 재를 지냈던 영산(靈山)이다. 이건 풍수하고는 결이 다른 하늘의 비밀이다.

이름도 한두 가지가 아니다. 북악산이라 부르는 사람도 있고, 백악산이라 부르는 사람도 있는가 하면 북한산이라 부르는 사람도 있다. 산은 하나인데 사람들은 그렇게 부른다. 하지만 한 가지 분명한 것은 630년 동안 권력자를 품고 있었다는 사실이다.

백두산 정기를 받은 세 마리 용이 승천하기 위해 백두대간을 타고 내려오다 추가령에서 방향을 바꾸어 백암산 법수령을 지나 도봉산과

백악산 표지석 ⓒ 이정근

삼각산 찍고 내려오는데 보현봉 아래 형제봉에서 북악으로 건너가는 지세가 약해 기(氣)가 꺾였다.

왕자의 난을 거치며 집권한 태종의 수석 참모는 풍수의 대가 하륜이다. 그의 주청에 따라 세종이 보토(補土)하여 기를 보충했다. 원기를 회복한 용은 백악 아래 명당에 똬리를 틀고 물을 찾아 계속 정진했다.

좌청룡 우백호라 했던가? 창덕궁 뒷산 응봉을 지나 낙타의 등을 타고 창신동 바위산 동망봉에서 건천(乾川)에 입을 댄 용은 청계천에 물이 없어 목말라 죽었고, 교하 장명산으로 간 용은 승천하기를 포기했다.

백악에서 인왕 찍고 금화산을 지난 용이 용문동 한강에서 목을 축이려 했으나 목에 힘이 없어 물을 마실 수 없었다. 형제봉 아래 구멍을 뚫고 무악재를 깎아 내렸기 때문이다.

하여, 산 아래 도읍을 마련한 나라도 망했고, 용산에 군영을 마련한 청나라도 망했고 일본도 폭망했다. 구멍을 뚫고 깎아 내린 사람도 망했고, 봉황기를 내건 사람도 파망했다. 천기(天氣)를 염탐했을까? 평택으로 간 50개의 별나라는 화(禍)를 면했다.

겸재 정선의 〈창의문〉. 대은암 아래 살았던 겸재 정선은 불후의 명작 〈인왕재색도〉 등 그 누구보다도 백악산과 인왕산을 많이 그리면서 청운동에서 창의문에 이르는 자하문 고갯길과 대은암에서 흘러내리는 물길을 사실적으로 그렸다. © 간송미술관

백악산 남서쪽 대은암 아래 옹달샘에서 발원한 물이 무릉폭에서 도화동천(桃花洞天)으로 떨어져 창의문과 청풍계에서 내려온 물과 신교동에서 만나 골짜기를 졸졸거리는 계곡수를 벗어나 비로소 형세를 갖추니 자두꽃 피는 봄날의 인왕과 백악의 골안개가 한 폭의 산수화 같다 하여 백운동(白雲洞)이라 하였다. 자하문 고개 너머엔 안평대군이 안견으로 하여금 〈몽유도원도〉를 그리게 했다는 무계정사가 있다.

인왕산 물과 백악산 물이 합수되는 신교에서 바라본 백악산 ⓒ 위키피디아

세종이 태어난 준수방을 끼고 있는 옥인동에서 그의 아들 안평대군이 시인 묵객과 함께 풍류를 노래했던 수성계곡에서 흘러드는 물줄기를 영접하여 세를 불린 물은 오성과 한음이 시화를 즐겼던 필운대에서 내려온 물줄기와 금청교에서 만나고 사직단과 왕기가 서린 인달방을 거쳐 온 물과 종침교에서 합류한 다음 야주개에서 내려온 물줄기와 송기교에서 만나니 여기까지를 일컬어 백운동천(白雲洞川)이라 했다.

삼청동 계곡에서 출발한 또 하나의 물줄기가 북창교를 지나고 건춘문 앞을 흘러 십자각교와 중학교(中學橋)를 지나 혜정교를 통과하여 광통교에서 백운동천을 만나 동으로 흐르다 국사당과 남산골을 적신 물과 삼각동에서 만나 물길이 풍성해지며 청계천이라는 이름을 얻었다.

다리가 있는 광화문 사거리에서 바라본 백악산 ⓒ 위키피디아

백악에서 내려오는 한기가 스산하다. 제주 소요가 진압되지 않았다는 보고를 받은 대통령 이승만은 격하게 노했다.

"조 박사 들라 이르십세요."

황해도 평산 출신인 그는 관서 지방 특유의 딱딱한 말투가 아니라 약간 느릿하면서 나긋한 경기도 말투와 비슷한 억양을 가지고 있었다.

　서촌과 육조거리를 관할에 두고 있는 우포청 지역에선 포도청이라 부르지만 육의전과 난전을 끼고 있는 좌포청 관할에선 보두청이라 부르며 "이랬습죠." "저랬습죠."를 입에 달고 살듯이 경기도라고 다 같은 말투가 아니다. 한강을 기준으로 북부와 남부가 확연히 달랐다. 북부는 산이 많아 약간 강한 반면 남부는 산이 낮고 들이 많은 영향을 받아 부드럽고 다정한 어투다.

　미주 교포 사회에서 조병욱의 박사 학위가 '진짜다', '가짜다' 설왕설래 말이 많았다. 그의 공식 직함을 거명하지 않고 조 박사라 부르며 자신의 프린스턴 박사를 돋보이려는 저의를 숨기지 않았다. 초대 실장 이기붕의 뒤를 이어 비서실장을 맡은 김양선이 집무실을 빠져나갔다.

　"정부가 출범한 지 3개월밖에 안 되었는데 이럴 수가 있단 말인가?"

해피와 함께 백악산을 오른 이승만.
멀리 인왕산이 보인다. ⓒ 대통령기록관

경무부장을 들라 이른 이승만은 집무실을 거닐고 있었다. 그 뒤를 '해피'가 종종걸음으로 따라가고 있었다. 미국에 있을 때 애견인으로 좋은 평판을 얻었던 이승만은 관저에서 '해피'를 기르지만 스트레스 지수가 높은 안건을 다룰 때는 집무실로 데리고 나왔다.

'해피'는 스패니얼 견종의 충성심 강하고 귀여운 강아지다. 에스파냐에서 아일랜드로 건너가 지치지 않는 지구력으로 양치기의 능력을 발휘해 목동들로부터 우수한 목양견으로 인정받았다. 중형견답지 않게 순발력 좋고 점프력이 뛰어나 꿩, 오리, 기러기 등 하늘을 나는 새를 잡는 조렵(鳥獵)용 사냥개로 특화되어 영국 본토 진출 후, 귀족들의 사랑을 받았다.

우리의 토종견 진돗개나 풍산개처럼 단일 색상이 아니라 머리에서 좌우로 색깔이 갈라진다. 때문에 남한과 북한, 좌익과 우익을 연상시켜 남한 단독 선거를 결행한 이승만의 정치적 행보와 닮았다며 분열주의 강아지라고 세인의 입방아에 오르내렸다.

인왕산 암벽의
커다란 글씨는 누가 새겼나?

인왕산 암벽에 새겨진 대동단결 각자. 해방 후 조선 청년에 의해 뭉개졌다. ⓒ 오병연

가을빛으로 변해 가는 인왕산을 바라보던 이승만의 시야에 커다랗게 새긴 글씨가 들어왔다. 치마처럼 너른 바위에 세로로 새긴 글자였다. 7일 만에 궁에서 쫓겨난 단경왕후의 애달픈 사연이 깃든 치마바위다.

쿠데타를 일으켜 왕을 쫓아낸 반정군은 왕의 배다른 동생 진성대군을 옹립하여 궁으로 모셔 왔다. 준비되지 않은 자를 왕위에 앉혀 놓고 권력을 농단하기 위해서였다. 살기등등한 반정군은 그의 부인을 왕비로 받들 수 없으니 내치라 겁박했다. 친정아버지가 쫓겨난 왕 밑에서 판서를 했다는 이유였다. 업혀 온 왕은 조강지처를 지킬 힘이 없었다. 경복궁에서 쫓겨난 왕비는 바위에 올라 붉은 치마를 흔들었다. 나를 잊지 말아 달라고….

첫 번째 줄에 동아청년단결(東亞青年團結), 좌로 나가는 다음 줄에 황기(皇紀) 2599년 9월 16일, 세 번째 줄에 조선총독 남차랑(南次郎)이라고 한자로 새겨져 있었다. 그 옆에는 작은 글씨 112자가 4줄에 걸쳐 음각되어 있다.

1936년, 우카키 가즈시게 후임으로 제7대 조선총독에 부임한 미나미 지로(南次郎)는 역대 조선총독 가운데 가장 억압적인 통치를 행했던 조선판 히틀러였다.

"미개한 조선인은 뇌 구조부터 개조해야 한다."라며 강압 정책을 펼쳤다. 황국 신민화 정책이라는 미명 아래 창씨개명을 강요하고 한국어 사용을 금지했다. 지원병 제도를 확립하여 조선 청년들을 전쟁터로 내몰아 조선 민족 말살 정책을 펼쳤던 악랄한 총독이었다.

조선 민족이 누대로 써 왔던 단기(檀紀) 연호 사용을 철저히 금했으며 광무와 같은 연호나 불기, 서기를 쓰지 못하게 했다. 오로지 일본 천황을 기원으로 하는 황기(皇紀)만 쓰도록 했다. 대정(大正)과 소화(昭和)는 당연한 연호였다.

1939년 9월, 제15차 대일본청년단대회가 총독부 주관으로 경성에서 열렸다. 미나미 지로는 야마토족(大和族), 한족(漢族), 만족(蠻族), 몽족(蒙族), 조선족(朝鮮族) 청년 대표가 참가하여 오족협화(五族協和)를 다지고 동양 평화를 위한 단합 대회라고 역설했다. 5,000여 명이 강제 동원된 대회는 부민관에서 개회식을 하고 경성운동장에서 분열식과 체육대회가 열렸다.

합방(合邦)이라는 미명으로 조선을 지배한 일본은 만주사변을 야기하여 괴뢰국을 세우고 노구교 사건으로 중일 전쟁을 일으켜 북경, 남경, 상해, 광동으로 치고 나갔다. 하지만 힘에 부쳤다. 전쟁 물자도 부족했고 인력도 부족했다. 청년들을 동원하여 총알받이로 내보내기 위한 대회였다.

조선 팔도에 산재해 있는 공덕비에서 영감을 얻은 미나미 지로는 자신의 치적을 내세우기 위하여 사방 12자의 큰 글자를 인왕산 큰 바위에 새겼던 것이다. 3.6m에 이르는 어마어마하게 큰 글씨다. 크기뿐만이 아니라 깊이도 대단했다. 풍화에 견디어 오래 보존하라고 다섯 치(15cm) 이상 팠다.

단신에 왜소한 미나미 지로는 큰 것을 좋아했다. 작은 사람이 큰 차를 선호하는 것과 흡사한 심리다. 중학교 다닐 때 큰 것에 집착한 그는 체격에 비해 큰 옷을 입고, 큰 가방을 들고 다니다 품행 불량을 이유로 교장에게 1개월 정학을 받자 학교를 그만두고 육군에 들어갔다.

1939년 9월 17일 《매일신보》 기사
ⓒ 위키피디아

돌에 새긴
글씨를 좋아하는 사람들

남원 광한루에 있는 선정비 © 이정근

선정을 베푼 원님이 임기를 마치고 고을을 떠나면 마을 사람들이 십시일반 성금을 모아 마을 입구에 비를 세워 가신 님의 공덕을 칭송하는 것이 공덕비(功德碑)다. 하지만 수탈에 편승해 이권을 누린 아전과 토호 세력이 헌상하는 비석이 대부분이었으며 심지어는 아버지의 공덕비를 강요해 동학혁명의 빌미를 제공한 조병각처럼 강제성을 띤 것들이 많았다.

전라도 고부군수로 부임한 조병각은 주민들을 부역에 동원하여 만석보를 만들고 과도한 물값을 부과하여 백성들의 원성을 샀다. 이것도 모자라 인근의 태인 군수를 지낸 아버지의 공적비각을 세운다고 다시 세금을 걷고 강제 노역을 시켰다. 이에 조병각의 매질로 아버지를 여읜 전봉준이 분노하여 봉기한 것이 동학혁명이다.

호랑이는 죽어서 가죽을 남기고 사람은 죽어서 이름을 남긴다 했
던가. 황산대첩비와 조일전쟁(朝日戰爭) 당시 정문부 장군의 활약을 기
록한 북관대첩비처럼 역사에 길이 남겨야 할 비석도 있지만 선정은
커녕 백성을 수탈하여 원성을 많이 산 탐관오리들일수록 영세불망
비에 연연했다. 후세의 평가가 두려웠을까? 악행이 역사에 기록되는
것이 무서웠을까? 마을 사람들을 동원하여 자신의 과오와 치부를 미
화하기 위한 꼼수다.

남한산성 지화문에 있는 선정비 ⓒ 오병연

장사는 목이다. 신선한 재료에 맛이 좋고 친절해도 목이 좋지 않으면
매출이 오르지 않는다. 선정비는 고을 사람들이 제일 많이 다니는 길가
에 세웠다. 그래야 자랑이 되지 않겠는가. 통행이 많지 않은 외딴곳에
세우면 누가 알아주겠는가? 좋은 자리는 수십 개의 비석이 몰려 있다.

광산군 서방면 경양역이 있던 우산리에 비석이 많았다. 오죽하면

도로명이 비각거리가 되었을까. 춘향이와 이도령의 러브 스토리가 있는 광한루에도 선정비가 많다. 도로 확장으로 옮겨 온 비도 많겠지만 아무튼 많다. 부사, 목사, 관찰사 등 고을 사또를 역임했던 자들의 공덕비다. 진정 선정을 베푼 자도 있지만 후세를 두려워한 악덕 사또들이 더 많다.

남한산성 비림 ⓒ 이정근

남한산성에도 비석의 숲 비림(碑林)이 있다. 일세를 풍미했던 흥선 대원군 비도 있고, 민비를 등에 업고 나라를 말아먹는 데 일조했던 민치구, 민영소 등 민씨 일족들의 비석과 안동 김씨 70년 세도의 길을 열었던 김좌근, 김흥근과 같은 '근' 자 돌림 김교근도 있다. 일자무식 떠꺼머리총각 강화도령을 직접 강화까지 나아가 가마에 태워 모시고 온 공로로 승승장구한 조두순의 비석도 있다.

메이지 유신을 완성하고 정한론(征韓論)을 펼치는 일본을 옆에 두고 "개혁하지 않으면 나라의 미래가 없다."라고 역설한 청년이 있었다.

김옥균이다. 그가 개혁을 주장할 때, 민씨 일파는 급진 개혁은 싫고 양무운동식 점진적 개혁을 하자고 발목을 잡았다. 갑자기 변하는 것은 싫다. 꿀을 빠는 지금의 권세가 좋다는 것이다. 수구꼴통은 국가의 명운보다도 곳간에 부(富)와 재물(財物)을 쟁여 주는 현재가 좋다는 것이다.

"기다리는 자에겐 기회가 오지 않는다."라고 판단한 김옥균은 갑신정변을 일으켜 정권을 잡았다. 하지만 뒷심이 부족하여 삼일천하로 끝났다. 상해에 망명해 있던 김옥균을 암살하라고 홍종우를 교사한 자가 민영소다. 교사범은 정범보다도 교활한 지능범이다. 살인 교사범의 선정비(善政碑)가 서 있는 것이다.

일본이 한국을 병탄하는 데 도우미 역할을 한 민영소는 일본이 한국을 강제 합병한 이후 한일 합방(合邦) 공로를 인정받아 일본 정부로부터 자작 작위를 받았다. 친일 매국 반민족 행위자의 영세불망비(永世不忘碑)가 서 있는 것이다.

친일인명사전에 등재되어 있는 민영소 ⓒ 위키피디아

아부의 끝판 공덕비는 삼전도비
(三田渡碑)다. 두 마리 용이 여의주
를 희롱하는 머릿돌이 예술적 가
치까지도 평가받고 있는 이 비는
한자와 몽골 글자, 만주 글자로
새겨져 있으며 삼전도에 있다.

삼전도비 머리 조각 ⓒ이정근

군신 관계를 강요하며 한반도를 유린한 청나라는 남한산성을 포위
하고 조선 왕의 항복을 요구했다. 삼전도에서 황제 앞에 무릎 꿇고
절할 때마다 세 번씩 이마를 땅에 찧는 삼배구고두(三拜九叩頭)라는 치
욕적인 의식을 치르고 목숨은 부지했다. 항복식을 끝낸 홍타이지는
소현세자와 세자빈, 봉림대군과 군부인 등 왕실 가족과 수많은 인질
을 끌고 심양으로 돌아갔다.

목숨을 건진 인조가 창경궁으로 돌아와 국난을 수습하고 있을 때,
'망국 3인방'이 머리를 조아렸다.

"황제의 은덕을 기리는 비석을 세움이 좋을 듯하옵니다."

아사히(朝日新聞)를 비롯한 일본 언론이 점령군 사령관으로 일본에
상륙한 맥아더 장군을 칭송하는 것과 흡사하다.

"강토를 짓밟고 백성을 도륙한 청 태종을 성토하는 비석을 세워 백성
들의 적개심을 고취시키는 것도 부족한데 은덕을 기리는 비석이라니?
이자들이 정녕 국록을 먹는 신하들이란 말인가?"

돌에 새긴 글씨를 좋아하는 사람들   23

삼전도비 ⓒ이정근

　　인조는 귀를 의심했다. 하지만 버리고 싶은 카드는 아니었다. 홍타이지가 심양으로 끌고 간 소현세자를 내보내고 자신을 심양으로 불러들일지 모른다. 피폐해진 백성들의 삶을 돌보는 것보다도 자신의 안위가 급선무였다. 비석을 세워 주고 청나라로 끌려가는 걸 면하면 이 또한 써 볼 만한 책략이지 않은가.

　　청나라도 싫지 않았다. 강화조약에서 자신들이 놓친 것을 찾아 주고 "스스로 세우겠다." 하니 기특하고 갸륵했다. 이리하여 "황제가 우리 백성을 은혜로 어루만지니 새처럼 흩어졌던 백성들이 모두 자기 살던 곳으로 돌아왔다. 이 어찌 큰 다행이 아니겠는가."라고 시작하는 대청황제공덕비(大淸皇帝功德碑)가 치욕의 현장에 세워졌다.

3·8선은 누가 그었나?

경무대 ⓒ 국가기록원

　인왕산을 무심코 바라보던 이승만은 소스라치게 놀랐다. 자신이 서 있는 이곳 경무대가 일본 패망 후, 맥아더 사령부에 의해 A급 전범으로 기소되어 극동 군사 재판에서 종신형을 선고받은 조선총독 미나미 지로가 서 있던 자리가 아닌가. 소름이 돋았다.

　"각하! 부르셨습니까?"

　부름을 받은 경무부장이 들어섰다.

　"경찰은 뭐 하고 있는 겝니까?"

　이승만의 안면 근육이 경련을 일으켰다. 그는 흥분하거나 노했을 때, 왼쪽 뺨이 씰룩거리는 치료 불능성 안면 근육 경련증을 앓고 있었다.

　"군에서 협조하지 않아 애로가 많습니다."

1948년 5월 5일 회의 참석차 제주공항에 도착한 수뇌부들. 좌측에서 두 번째가 군정장관
딘 소장, 오른쪽에서 두 번째가 조병옥 경무부장, 맨 오른쪽이 김익렬 연대장 ⓒ Nara

관덕정 앞 소요 사태를 진정시키지 못해 골머리를 앓고 있다는 제
주경찰서장의 보고를 받은 경무부장 조병욱이 제주로 날아갔다. 제
주군정청 회의실에서 진압 회의가 열렸다.

"군이 협조하지 않아 우리 경찰이 애를 먹고 있습니다."
"경찰이 과잉 진압하여 도민들의 원성을 사고 있습니다."
"빨갱이 잡는 데 과잉이 어디 있습니까? 하루빨리 작전에 나서 주
시오."
"대한민국 군대는 적으로부터 국민의 생명과 재산을 지키는 국가
보위 군대입니다. 국민을 상대로 군이 나설 수 없습니다."

9연대장 김익렬이 단호하게 선을 그었다. 불독 인상에 한 성질 하는
조병욱의 콧잔등이 일그러졌다.

"뭐야? 대령 따위가 감히….."

조병욱 못지않게 한 성질 하는 김익렬이다. 발끈한 김익렬이 조병욱의 멱살을 잡았다. 조병욱도 기골이 장대하고 힘이 장사다. 그는 일제 말엽 보인광업주식회사에 재직하며 거친 막장 인생들을 다뤄 본 경험이 있다.

밀고 당기며 김익렬이 조병욱의 넥타이를 잡아당겼다. 캑캑거리며 숨을 못 쉬는 조병욱을 김익렬이 바닥에 패대기쳐 버렸다. 경찰이 군인 앞의 개구리가 된 꼴이었다. 군과 경찰, 경찰과 군, 그들 조직은 힘을 앞세웠지만 해방 정국에서 한발 앞서 치고 나가던 경찰이 우위에 있었다. 후자의 울분이 폭발한 것이다.

두만강 철교에서 소련군을 환영하는 북한 주민들 ⓒ 러시아 국립사진·영상물보관소

어느 날 갑자기 찾아온 해방으로 한반도에 격랑이 일었다. 준비되지 않은 민족을 표류하게 했고, 스스로 쟁취하지 못한 독립은 분열과 갈등을 낳았다. 독립 만세를 부르짖었건만 독립이 아니라 군정이었다. 북에는 루스키(Русский)가 해방군이라는 이름으로 들어오고, 남에는 양키(Yankee)가 점령군으로 상륙했다.

"본관의 지휘하에 있는 승리에 빛나는 군대는 오늘 북위 38도 이남의 조선 영토를 점령했다."

1945년 9월 7일, 태평양 미 육군사령관 더글라스 맥아더 장군이 '조선 인민에게 고함'이라는 제목의 포고령 1호를 발표했다. 해방군도 아니고 지원군도 아니고 점령군이라 명토 박았다. 미국의 정책이며 미국이 한반도를 바라보는 시각이다. 한반도는 일본을 점령하면서 덤으로 얻은 전리품이었다.

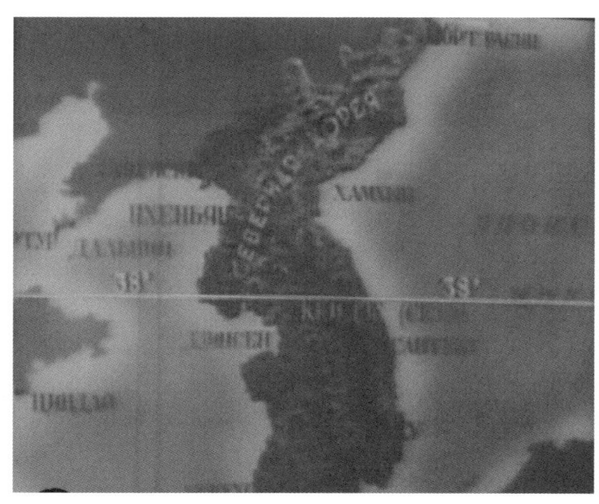

러시아가 공개한 지도에 그려진 3·8선 ⓒ 러시아 국립사진·영상물보관소

삼팔선도 그렇다. 우리 땅, 우리 강토를 우리가 가른 것이 아니다. 일본 천황이 항복을 발표하기 5일 전, 1945년 8월 10일. 펜타곤의 맥크로이 집무실에서 국무성의 던(Dunn), 육군성의 맥크로이(McCloy)와 해군성의 버드(Bard)가 긴급 회동을 가졌다. 이른바 SWNCC 회의다.

북한에 진주한 소련군 ⓒ 러시아 국립사진·영상물보관소

회의는 긴박하게 돌아갔다. 조선과 국경을 접하고 있는 소련군이 두만강 철교를 건너 조선에 진입하여 일본군을 무장 해제시키고 함흥을 접수한 후 남진하고 있다. 지리적으로 멀리 떨어진 미국은 소련의 자비를 기다리다 인천과 서울을 내줄 수 있었다. 우선 소련군의 남하를 저지해야 했다.

맥크로이가 전쟁부 정책과장 본스틸(Bonesteel)과 국무성의 정책과장보 딘 러스크에게 옆방에 가서 미군 진주 능력을 조화시키는 안을

작성해 오도록 요청했다. 주문을 받은 육군성의 본스틸 대령과 국무
성의 러스크가 책상 위에 지도를 펼쳐 놓고 머리를 맞댔다.

뾰쪽한 대안이 나오지 않았다. 위로부터 어떤 지침을 전달받은 것
도 없었다.

"어떻게 할까?"

고민하던 그들은 한반도의 중앙부를 가로지르는 위도선에 주목했다.
북위 38도선이다.

"여기로 그을까?"
"괜찮은데….''

군인이다. 그들에게 타민족에 대한 역사 인식은 관심 밖이었다. 하
나의 민족이 함께 살아야 한다는 당위성은 남의 나라 얘기였다. 말과
글을 함께 쓰는 공동체이기 때문에 함께 살게 해 주어야 한다는 개념
은 아예 없었다. 군인이었기에 군사 목적 외엔 고려 대상이 아니었다.
그들은 부담 없이 그었다.

그들의 잣대로 한반도의 허리가 두 동강 났다. 잔혹했던 일제가 물
러가면 우리 세상일 줄 알았는데 머리 색깔이 다르고 눈동자 색이 다
른 사람들이 들어왔다. 원치 않았던 외세(外勢)다. 독립인 줄 알았던
조선 팔도가 소용돌이에 빠졌다.

땅 위에 그려진 3·8선 ⓒ NARA

　여운형이 이끄는 인민위원회가 자치에 나섰다. 여운형을 미더워하지 않는 미국은 영어가 통하는 조병욱에게 치안을 맡겼다. 조병욱은 일제 경찰 출신들을 끌어모아 조직을 꾸렸다. 군은 한발 늦게 태릉에 조선경비대를 창설하고 군사영어학교를 개설했다. 미국 군사 조직을 이식하려면 말이 통해야 했기 때문이다.

조선경비대가 조선경비사관학교로 이름을 바꿨다. 육군사관학교 전신이다. ⓒ 국가기록원

깜짝 놀란 최천 제주경찰청장이 김익렬의 팔을 붙잡으며 만류했다. 분이 풀리지 않은 김익렬이 그의 낭심을 걷어차 버렸다. 급소에 일격을 당한 최천이 하복부를 감싸안으며 주저앉았다. 돌발 상황에 깜짝 놀란 딘 사령관이 헌병을 동원하여 수습했다.

"알았습니다. 나가 보세요."

조병욱을 내보낸 이승만이 비서실장을 불렀다.

"군 법무관을 들라 이르셉시요."

긴급 호출을 받은 김완용이 들어왔다.

"가까이 와요."

숨 고르기를 하고 있는 김완용을 불렀다. 이때였다. 비서실장이 살며시 문을 열고 밖으로 나갔다. 대통령이 사람을 불러 놓고 가까이 부를 때는 비서실장은 '밖에 나가 있으라'는 말로 받아들였다. 독대다.

"계엄이 무엇입니까?"

대통령의 입에서 전혀 뜻밖의 말이 튀어나왔다. 무서운 언어다. 국가 지도자로서는 쉬이 입에 올려서는 아니 될 금기어다.

"아! 예, 각하! 계엄의 계(戒) 자는 경계할 계 자로, 경계하거나 조심하라는 의미를 가진 한자(漢字)이고 엄(嚴)은 엄할 엄 자로, 엄격하거나 엄중함을 뜻합니다."

"법무관! 내가 낙동서당에서 천자문을 뗐고 도동서당에서 소학을 뗀 사람입니다."

이승만의 얼굴에 푸른 미소가 흘렀다. 이승만은 황해도 평산에서 태어나 평산서당에서 한학을 배우고 익혔다.

서당에서 공부하고 있는 아이들 ⓒ 위키피디아

"헌법에 있는 계엄을 설명해 주게."
"넵."

심호흡을 한 법무관이 입을 열었다.

“계엄은 전시·사변 또는 이에 준하는 국가 비상사태 시 사회 질서가 극도로 교란되어 행정 및 사법 기능의 수행이 현저히 곤란한 경우에 공공의 안녕질서를 유지하기 위하여 대통령의 뜻을 받들어 계엄사령관이 행사하는 군사적 조치를 말합니다.”

“지난달 여수에서의 계엄은 실패했어요.”

“네?”

법무관이 뜨악한 표정을 지었다.

“주민을 체포할 때는 어떻게 합니까?”

“영장 없이 체포, 구금할 수 있습니다.”

“형벌의 판단은 누가 합네까?”

“원칙적으로는 군사 재판에서 하나 현장 지휘관의 판단에 따라 선실행, 후보고를 할 수 있습니다.”

법무관의 입술이 타들어 갔다.

“계엄사령관은 누가 임명합니까?”

“절차상으로는 국방부 장관이 임명하나 실질적으로는 대통령이 임명합니다.”

“계엄사령관의 자격은 어떻게 되나요?”

“육군 참모총장입니다.”

“현재 총장이 누구지요?”

“이웅준 장군입니다.”

“그래요?”

이승만의 입술에 떫은 미소가 스쳐 지나갔다.

평안도 안주 출신 이응준은 일본 육군사관학교를 나와 일본 제국
주의가 패망할 때까지 “덴노 헤이까 반자이!”를 외치며 일본 천황에
게 충성했던 인물이다.

“우리나라에서 계엄다운 계엄을 발동한 일이 있습네까?”
“네, 있습니다.”
“그래요?”
“일제가 패망하고 맥아더 장군이 점령군 사령관으로 우리나라에
상륙하여 비상계엄령을 선포하고 그때까지 우리나라에서 통용되던
일본의 헌법과 법률을 모조리 정지시켰던 예가 있습니다.”
“그렇군요.”
“맥아더 장군의 명을 받은 하지 장군이 군정장관 자격으로 입법,
사법, 행정권을 행사하였습니다.”
“삼권이라…?”
“네.”
“대단한 권한이군요.”
“네, 그렇습니다.”

“맥아더 장군에게 전화해 둘 터이니 법무관은 즉시 동경으로 날아
가 연합군 사령부를 방문하여 자료를 가져오도록 하십세요.”

　1945년 8월 6일 오전 2시 45분, 괌 북쪽 160km 지점에 있는 티니언섬에서 비행기 한 대가 칠흑 같은 어둠을 뚫고 이륙했다. B-29 슈퍼포트리스 폭격기다. 기수를 북으로 돌린 에놀라 게이(Enola Gay)는 7시간 비행 끝에 히로시마 상공에 도착했다. 오전 8시 15분, 9,000m 상공에서 내려다본 히로시마는 평온했다.

에놀라에 탑승하기 전 폴 티비치 대령 ⓒ NARA

미군 폭격기 에놀라 게이가 원자 폭탄을 떨어뜨리고 있다. ⓒ NARA

히로시마 상공을 선회한 폴 티비츠 대령은 폭탄 투하 버튼에 손을 얹었다. 눈 아래 펼쳐진 히로시마는 아침 햇살이 빛나고 있었다. 그가 버튼에 힘을 가하는 순간, 리틀 보이(Little boy)가 비행체에서 이탈하였다. 에놀라 게이가 고도를 벗어나는 것과 동시에 지상을 향하여 내리꽂히던 리틀 보이가 섬광(蟾光)을 발하며 버섯구름이 피어올랐다. 3일 후 8월 9일, 팻 맨(Fat man)이 나가사키에 투하됐다.

1945년 8일 15일, 무조건 항복한다는 히로히토 천황의 목소리가 라디오에서 흘러나오자
길을 걷던 일본인들은 걸음을 멈추고 경청하거나 길거리에 엎드려 대성통곡했다. ⓒ Wikipedia

"목숨을 걸고 본토를 사수하라."

옥쇄 작전으로 최후의 1인까지 버틸 것 같았던 일본이 히로시마와 나가사키에 떨어진 원자 폭탄 2방으로 무조건 항복했다. 히로히토 천황의 항복 방송을 들은 일본 국민들은 망연자실하며 흐느꼈다. 그들은 건조한 히로히토 목소리를 옥음(玉音) 방송이라 하며 좌절했다. 조선인들 중에서 대성통곡한 사람도 있었다.

미 전함 미주리호에서 항복 문서에 서명하는 외무대신 시게미쓰 마모루 ⓒ NARA

동경만에 정박한 미주리호에서 항복 문서에 서명한 외무대신 시게미쓰 마모루는 상하이 훙커우 공원에서 윤봉길 의사의 폭탄에 왼쪽 다리를 잃은 외교관이었다.

일본의 항복 문서를 손에 쥔 맥아더 장군은 도쿄에 연합군 사령부를 설치하고 점령군 사령관으로서 히로히토 천황 위에 군림하면서 일본 열도를 호령했다.

1945년 10월 4일, 미국을 출발한 이승만은 하와이와 괌을 거쳐 10월 12일 도쿄에 도착하여 맥아더의 융숭한 대접을 받았다. 도쿄에서 며칠 머문 이승만은 맥아더 장군의 전용기를 타고 16일 김포공항에 도착하여 지지자들의 열렬한 환영을 받았다.

이승만과 함께 해방 정국의 쌍벽을 이루던 백범 김구의 귀국은 달랐다. 임시정부 주석 자격으로는 귀국을 허가할 수 없다는 미군정 당국의 통보를 받은 김구는 상해에 발이 묶였다.

이승만이 귀국한 지 한 달이 지난 11월 23일, 쌍발 프로펠러 C-47 수송기 한 대가 상하이 강만공항에 대기했다. 삼엄한 미군 보안 속에서 탑승한 김구는 개인 자격으로 여의도 비행장에 내렸다. 환영 인파 하나 없는 초라한 귀국이었다.

상해 공항에서 임정 요인들의 환송을 받으며 귀국하는 김구 ⓒ Nara

“알겠습니다.”

“나가 보세요.”

자리에서 일어난 법무관이 집무실을 빠져나가자 비서실장이 들어
왔다.

5·10 제헌 의회 선거 투표장 ⓒ 국가기록원

5·10 제헌 의회 선거 포스터 ⓒ 국가기록원

"국방장관과 함께 육군 참모총장 들라 이르고 문교장관도 들라 이르세요."

긴급 호출을 받은 이범섭과 이웅준, 안호산이 부리나케 들어왔다.

"제주는 지난 제헌 국회 선거 때 좌익의 선동으로 투표가 제대로 실시되지 못했습니다. 이로 말미암아 제주도가 선거를 거부한 남한의 유일한 지역으로 남게 되었습니다."

대통령의 얼굴에 노기가 서렸다.

"고얀 일입니다."
"있어서는 아니 될 일이 벌어졌습니다."

국방부 장관과 육군 참모총장이 머리를 조아렸다.

"모두가 빨갱이의 준동입니다."

무서운 언어가 튀어나왔다. 광화문과 태평로 길바닥에서 넘실대는 낱말이다. 그 말이 아스팔트가 아닌 최고 통치권자의 입에서 튀어나왔다. 태풍을 예고하는 말이다.

빨갱이는 진짜
빨간 사람들일까?

1945년 4월, 이탈리아 밀라노 브레라에서의 반파시스트 레시스텐자 대원들 ⓒ Wikipedia

　나치에 저항하던 프랑스인들이 그들의 당원을 파르티잔(Partisan)이라 불렀다. 조국 해방을 위해 목숨을 바친다는 동지애와 결기가 서려 있었다. 프랑스어의 파르티(Parti)에서 비롯된 말이며 더 거슬러 올라가면 러시아어 파르티잔(партизáн)과 닿아 있다.

　파르티잔이 우랄산맥을 넘어 한반도에 들어와서 빨치산으로 변했다. 일제 강점기에는 저항의 동질감으로 연대 의식을 느꼈다. 그 빨치산이 반공과 결합하여 빨갱이로 화학 반응을 일으켰다. 그의 부인은 나치의 압제에 신음했던 오스트리아 출신이다. 그가 이 말을 모를 리 없다.

　"정부는 경비대와 경찰, 향보단까지 총동원하여 선거를 독려했지만 제주 갑구는 43%, 을구는 46.5%의 투표율로 과반수에 미달되었습니다. 결국 군정장관은 '제주도 두 개 선거구의 선거는 무효이며, 재선거를 실시한다.'는 내용의 포고를 발표했습니다."

　호흡을 가다듬던 이승만이 먼 산을 바라보았다. 동아청년단결(東亞靑年團結)이라 새겨진 글씨가 더욱 크게 다가왔다.

　"부끄러운 일입니다."
　"버르장머리를 고쳐 주어야 합니다."

　국방부 장관과 육군 참모총장이 주억거렸다.

　"좌익의 극악한 면도 있지만 제주 도민들이 우매해서 그렇습니다."

　대통령이 큰 기침을 했다.

　"지당하신 말씀입니다."

　국방부 장관이 두 손을 모았다.

　"선거는 민주주의 꽃입니다."

　대통령이 인왕산을 바라보며 목소리를 높였다.

"천지당만지당하신 말씀입니다."

참모총장이 허리를 굽혔다.

"그 아름다움을 모르는 도민들을 일깨워 주어야 합니다."

대통령이 주먹을 불끈 쥐었다.

"옳으신 말씀입니다."
"국민을 단결시키고 계몽하는 데 계엄만 한 것이 없습니다."

대통령이 불쑥 계엄이라는 말을 꺼냈다. 청천벽력이다. 계몽(啓蒙)은 붓이고 계엄(戒嚴)은 총이다. 계엄은 언론, 출판, 결사의 자유가 제한된다. 자유를 묶으면 피를 부를 수 있다. 암울한 그림자가 엄습해 왔다.

"각하! 헌법에는 계엄을 선포할 수 있는 조건이 명시되어 있습니다."

국방부 장관이 난색을 표했다.

"무엇입니까?"
"전시, 사변 또는 이에 준하는 국가 비상사태입니다."

참모총장이 당당하게 차렷 자세를 취했다.

"공공의 안녕질서를 유지할 때라는 다음 조항은 왜 말하지 않습니까?"

"제주도의 치안은 아직 경찰력으로 충분하다고 생각합니다."

"충분과 불충분은 내가 판단합니다."

대통령이 대못을 박았다.

"각하! 세종대왕은 우매한 백성을 어여삐 여겨 한글을 창제하였습니다. 최만리를 비롯한 일부 신하들이 한자(漢字)가 있는데 왜 하필이면 쉽게 배울 수 있는 가벼운 글자를 만들어 백성을 깨우치려 하느냐며 반대했지만 세종 임금은 반대를 물리쳤습니다."

문교부 장관이 읍소했다.

"안 박사!"

"네, 각하!"

안호산이 두 손을 모았다.

"큰스님이 학승을 가르칠 때 죽비를 내리쳐 깨우쳐 주었습니다."

"민주 국가에서 죽비는 폭력입니다."

"나 때는 말입니다. 서당에서 천자문을 배울 때 훈장님의 회초리를 맞으면서 공부했습니다."

"어떠한 경우에도 폭력은 정당화될 수 없습니다."

"몰지각한 공산당원들은 미몽에서 깨어나라고 가르쳐 주어야 합니다."

"신념은 하루아침에 고칠 수 없습니다."

"민주를 모르는 백성들은 훈계하고 가르쳐 주어야 합니다."

"그들을 불쌍히 여겨 바른길로 인도해 주십시오."

안호산이 두 손을 모았다.

"싹 쓸어버리지 않으면 나라가 결딴납니다."

"우매하다고 내치면 더욱 무지렁이가 됩니다."

"안 박사의 식견을 존중합니다."

워싱턴대학교 컬럼비아학부를 졸업하고 하버드대학교에서 석사 학위를 받은 후, 프린스턴대학교에서 박사 학위를 받은 이승만은 자부심이 대단했다. '대한민국에서 나보다 더 배운 사람이 있으면 나와 보라.'라는 듯이 자만심이 가득했다. '독립군이나 의열단 출신들은 무식해.'라고 바라보는 편협한 시각을 갖게 된 동기가 되었다.

선교사들의 도움과 보수적인 기독교 세력의 뒷받침으로 학업을 마친 그는 독일 예나대학교에서 철학 박사 학위를 받고 옥스퍼드대학교에서 연구 생활을 한 안호산에 대한 외경심이 있었고 그건 그가 숨기고 싶은 속내였다. 얕은 우물과 같은 미국 학파가 뿌리 깊은 나무와 같은 유럽 학파를 존중하는 것과 흡사하다.

"우매하니까 가르쳐 주고 계몽해야 합니다."

"백성을 가르치려 드는 것보다 그들의 눈높이에 맞춰야 합니다."

"모르는 백성들을 가르칠 '국민계몽헌장' 이론을 개발해 주세요."

"나라의 주인인 국민의 입장에서 나를 대신할 대표를 투표로 뽑아 국회로 보내는 대의 민주주의를 경험해 본 일이 없는 신생 독립국 국민이 민주주의를 알면 얼마나 알겠습니까? 무위자연(無爲自然)이라고 스스로 알 때까지 기다려 주어야 합니다."

"일 없습네다. 국방부 장관과 육군 참모총장은 계엄을 준비하십세요."

명을 받은 국방부 장관과 육군 참모총장이 집무실을 빠져나갔다. 뻘쭘하게 혼자 남은 안호산도 자리를 털고 일어났다.

K-마타하리를 추적하라

이승만과 김창룡 ⓒ 국가기록원

"법무관을 들라 이르십세요."

대기하고 있던 법무관 김완용과 또 한 명의 군인이 부동자세로 서 있다.

"군인이 경찰을 폭행해도 된다는 말씀입네까?"

"죄송합니다."

"죄송 가지고 되는 일입네까?"

"당장 조치하겠습니다."

9연대장 김익렬은 여수 주둔 14연대장으로 즉각 전보되었다.

"한 달 내로 빨갱이를 다 잡아들이세요."
"옙."

명은 법무관에게 내렸는데 젊은 군인이 머리를 조아렸다.

"자네는 누군가?"
"정보국 방첩과 대위 김창령입니다."

차렷 자세를 고쳐 잡은 그의 모습에 각이 살아 있다.

"자네가 만주 벌판의 김창령이란 말인가?"
"녭."

함경도 요덕에서 태어난 김창령은 조선 사람이 들어가기 어렵다는 관동군 헌병대에 들어갔다. 그는 '조센징'을 헌병으로 뽑아 준 것에 감읍했다. 보은의 길은 천황의 충성스러운 개가 되는 길밖에 없다고 생각했다. 그는 동물적인 후각으로 항일 조직 50여 개를 적발하여 제국에 보답했다. 독립군에겐 저승사자였으며 관동군에겐 능력자였다.

1945년 일제가 패망하자 일본 육군 헌병 오장은 명예가 아니라 멍에였다. 눈을 피해 고향으로 돌아왔으나 한반도 북반부를 점령한 소련군에게 체포되어 사형 선고를 받았다. 이송 도중 열차에서 탈출한 그에게 고향 땅 영흥은 발붙일 곳을 허하지 않았다. 다마시마 쇼류는 또다시 일제 부역 혐의로 경찰에 체포되었다. 뒷구멍으로 석방된 그는 삼팔선을 넘어 서울로 스며들었다.

　세상이 바뀐 서울은 세탁소 붐이었다. 일본인들이 두고 간 적산 가옥을 자기 것으로 돌리는 등기소가 북새통을 이루었고, 탑골공원 앞에는 이동 대서방도 등장했다. 눈먼 돈과 주인 없는 집을 탐하는 군상들이 종로를 배회했다.

조선경비대 발대식 ⓒ 국가기록원

　일본에 부역했던 자들의 신분을 세탁해 주는 곳이 군대와 경찰이었다. 치안 인력 부족에 허덕이던 경찰은 일본 순사 출신들을 우대해서 뽑았고, 창설에 들어간 조선경비대는 일본 군대 경력자를 특별히 대우했다.

　일본 육군 대좌 출신 이응준을 필두로 중좌 신태영, 소좌 김백일,

대위 이형근, 헌병대위 정일권, 독립군을 때려잡던 간도특설대 백선엽 중위 등등이 그들이다. 여기에서 도드라진 사람은 백선엽이다.

맥아더(왼쪽)와 백선엽(가운데). 지프에서 내리지도 않은 채 한국군 장수와 악수하는 맥아더의 모습에서 겸손은 실종되었고 점령군 사령관이 점령지 장교를 대하는 시각을 알 수 있다. 결은 다르지만 미군은 전쟁에서 실종된 전우를 찾기 위하여 많은 예산과 인원을 투입하여 실종자확인국(DPAA)을 설치, 운용하여 실종된 전우를 몇십 년이 걸리더라도 끝까지 추적하여 명예를 찾아 주고 국가 차원에서 예우하고 영웅으로 기린다. 군인은 명예를 먹고 산다. 군인에게 자부심과 명예를 빼면 살인 기계다. "노병은 죽지 않고 사라질 뿐이다."라고 절규했던 맥아더는 5성 장군 예우를 받았지만 실종된 겸손은 누가 찾아 주나? ⓒ Nara

백선엽, 그는 간도특설대 출신이다. 간도특설대는 독립군을 때려잡기 위하여 창설된 특수 부대다.

"조선 독립군은 조선인이 잡아야 한다."

한성일어학교를 나와 일제의 괴뢰 만주국 참의원을 지낸 이범익이 주축이 되어 설립한 독립군 토벌 부대다. 부대가(部隊歌)도 조선어로 지었다.

"조선의 건아들아!
선구자의 사명을 안고 우리는 나섰다.
건군은 짧아도 전투에서 용맹을 떨치자.
대화혼(大和魂)이 우리를 고무한다.
천황의 뜻을 받든 특설~ 부대~~
천황의 특설~ 부대~~~"

행진곡풍에 결연하기까지 한다. 백선엽뿐만 아니라 김백일, 송석하, 신현준, 김석범, 김홍준도 간도특설대 출신이다.

천보산 광산이 독립군에게 습격을 받았다는 급보를 받고 출동한 간도특설대는 전사한 동료를 위로하는 제를 올리겠다며 사살한 독립군의 간을 잘라 가는 엽기적인 범죄도 서슴지 않았다.

교전 중 생포한 여성 독립군을 떼 지어 겁탈하려다 극렬히 저항하자 하복부에 총을 난사하여 벌집을 만들어 놓고 여자의 가장 은밀한 곳에 대검을 꽂아 놓은 만행도 저질렀다.

하늘 아래 첫 동네 이도백하(二道白河)를 비롯하여 백두산 아래 화전민들에게 간도특설대는 저승사자였다. 해란강을 끼고 옹기종기 모여 사는 조선인들과 송화강 일대에 흩어져 살고 있는 조선인들에게 간도특설대는 악명 높은 공포의 대상이었다.

조국이 해방되자 신분에 콤플렉스가 있는 그들은 밀어주고 끌어

주며 동지애를 발휘했다. 김백일의 추천으로 조선경비사관학교에 들어간 김창룡은 소위로 임관하면서 동물적인 능력을 보여 주었다. 한번 물면 놓지 않고 안 되면 되게 하는 것이 그의 특기였다.

제헌 국회 무투표 당선을 노리던 동대문 갑구 후보 이승만에게 도전한 최능진을 처리한 김완용이 그를 알아본 것이다.

"하우스만이 기다리고 있습니다."

군 법무관을 내보낸 비서실장이 보고했다.

"그래요? 들라 이르십세요."

대기실에서 기다리고 있던 하우스만이 환하게 웃으며 들어섰다.

"아뇽하세요? 미스터 프레지던트!"

하우스만(오른쪽) © NARA

제임스 해리 하우스만, 그는 약관 28세의 나이로 미 군사고문단 참모장과 CIA 한국 책임자, CIC 한국 책임자를 맡고 있는 실력자였다.

"각하! 긴히 드릴 말씀이 있습니다."

극한의 보안을 요구하는 비밀 이야기가 있다는 것이다. 그렇잖아도 속내를 털어놓고 영어로 대화할 수 있는 친구다. 비서실장과 통역관을 내보낸 대통령과 하우스만이 마주 앉았다.

"K-마타하리를 색출해서 처리하라는 본부의 전문입니다."

하우스만이 내민 A4 용지에는 붉은 글씨로 'Top secret'이라고 새겨져 있었다. 일급비밀이라는 것이다. 훑어보던 이승만의 얼굴이 일그러졌다.

"어디에 한국의 마타하리가 있다는 말씀입네까?"
"낙랑클럽입니다."
"낙랑클럽이라 하였습네까?"

이승만은 가슴이 철렁했다. 낙랑클럽은 이승만도 아는 비밀 사교클럽이다. 하지만 긴급 표정 관리에 들어갔다.

"낙랑클럽이 뭐 하는 클럽입네까?"
"이화여자대학교 총장 김할란이 모윤석을 시켜 재학생과 졸업생

중에서 영어가 되는 아이들을 뽑아 국무부 장관과 주한 미국대사, 그리고 군사령관을 위로하라는 것까지는 좋았는데 극비 정보를 빼내어 공산당에 넘기는 것은 용납할 수 없습니다."

조선 건국 초기 조선을 방문한 명나라 칙사 황엄(黃儼)이 조선 국왕을 힐문하던 때와 흡사하다.

모윤숙을 비롯한 낙랑클럽 멤버들과 미군 관계자들 © Nara

"정말입네까?"
"낙랑클럽의 한국인 여자가 그의 애인에게 정보를 넘겨주고 있다는 첩보입니다."

"그럴 리가 있겠습네까?"
"여기 보십시오."

그가 내민 사진에는 헌병사령관 베어드 대령과 김수임이 동거하고 있는 옥인동 집과 또 한 장의 사진에는 한국인 남자와 밀회하고 있는 김수임의 모습이 담겨 있었다.

"이 한국인 남자는 누구랍네까?"
"이강국입니다."
"네?"
"그는 공산당입니다."

이승만은 현기증을 느꼈다. 미 CIC의 첩보력이 이렇게 예리한지
처음 알았다.

이강국과 김수임 ⓒ 위키피디아

경기도 양주 출신 이강국은 보성고등보통학교를 수석 졸업하고 경
성제국대학 법문학부에 진학했다. 재학 중 사회주의에 심취했다. 일제
의 압박과 착취에 허덕이는 이 나라 이 민족에게 사회주의는 어둠을

밝히는 희망과도 같았다.

'샛별이 등대란다. 빛을 찾아라.' 그는 서쪽 나라로 가기로 결심했다. 경성제국대학교 법문학부를 중퇴한 그는 독일 훔볼트대학 법철학과에 유학했다.

이 땅의 처자들을
설레게 한 3대 미남

조선의 여인들을 설레게 했던 미남 3총사 중 백석과 임화 ⓒ 위키피디아

당시 조선에는 3대 천재가 있었다. 육당 최남선, 벽초 홍명희, 춘원 이광수가 그들이다. 육당은 약관 29세에 〈3.1 독립선언서〉를 기초하여 33인 선배 원로로부터 찬사를 받았으며, 벽초는 한국 문학 서사의 보고 《임꺽정》을 발표하였고, 춘원은 《무정》,《유정》,《흙》,《사랑》 등 계몽 소설을 발표하여 경성의 지가를 올렸다. 그들은 장래 조선을 짊어지고 갈 지도자감으로 예약되었지만 민족의 기대를 저버리고 변절하거나 북으로 갔다.

3대 천재 못지않게 세간의 화제를 몰고 다니는 사람들이 있었다. 조선의 3대 미남으로 인구에 회자되는 임화, 이강석, 백석이다. 그들은 오빠부대를 몰고 다니는 연예인은 아니었지만 시와 소설을 발표하며 조선 처자들 마음을 설레게 한 사람들이었다.

조선의 여자들은 잘생긴 남자에 약했다. 황진이는 세종의 아들 영해군의 손자 벽계수도 왕족이지만 못생겼다고 퇴짜를 놨고, 춘향이는 귀티 나는 이몽룡에게 눈이 돌아갔다.

최초의 여류 화가 나혜석을 홀린 최린도 잘생겼고, 수덕사의 여승 김원주를 흔든 이광수도 잘생겼고, 〈사의 찬미〉 윤심덕을 빠지게 한 김우진도 잘생겼고, 길상사 김영한의 마음을 훔친 〈나와 나타샤와 흰 당나귀〉 백석도 잘생겼고 《네거리의 순이》를 울린 '조선의 랭보' 임화도 잘생겼지만 이강국이 도드라졌다. 그가 그의 이념을 성취하기 위하여 김수임을 이용했는지, 김수임이 잘생긴 그에게 뻑 가 버린 것인지 둘만의 사정은 둘만이 알 것이다.

조선시대를 대표하는 불세출의 화가 중에 혜원(惠園) 신윤복이 있다. 그가 그린 화첩 중에 〈월하정인(月下情人)〉이라는 그림이 있다. 눈썹 같은 달이 떠 있는 야심한 밤에 젊은 남녀가 데이트를 하는 장면이다. 그는 이 그림의 화제(畫題)를 '월침침야삼경(月沈沈夜三更) 양인심사양인지(兩人心事兩人知)'라고 써 놓았다. 예나 지금이나 두 사람 마음은 두 사람만이 알 수 있나 보다.

혜원 신윤복, 〈월하정인〉 ⓒ 간송미술관

"알아서 처리하겠습니다."

"감사합니다. 본부에서 또다시 질책을 받지 않도록 도와주십시오."

도와달라고 겸손을 표했으나 명이나 다름없었다. 일국의 대통령이 타국의 육군 대위에게 받는 명(命). 부자연스럽지만 현실이었다. 자력으로 쟁취하지 못한 독립. 점령군으로 들어온 미 육군, 그 육군 대위에게 받는 명. 거역할 수도 비켜 갈 수도 없는 명이었다.

하우스만을 배웅한 이승만이 비서실장을 불렀다.

"총장 들어오라 해요."

"총장이라 말씀하셨습니까?"

대통령이 군 지휘관을 부를 경우 아침 조찬에 불렀다. 한데, 지금 시각은 해가 뉘엿한 저녁 무렵이다. 참모총장을 부른 것인지 누굴 부른 것인지 난감했다.

"채병덕 장군을 들라 이르셨습니까?"

"아니요, 이화의 김 총장입네다."

이화여자대학교 ⓒ 국가기록원

김활란 총장에게 호출령이 떨어졌다. 그것도 모윤석과 같이 들어오란다. 프란제시카 여사는 샘이 많았다. 자신보다 어리고 예쁜 여자들이 경무대에 드나드는 것을 마뜩잖게 여겼다. 돈암장에 있을 때도 그랬고, 이화장에 있을 때도 그랬다.

오스트리아 출신 프란제시카는 제네바에서 개최된 국제회의에 참석하기 위하여 빈을 방문한 이승만의 통역을 맡은 것이 계기가 되어 1931년 뉴욕에서 결혼했다. 독일의 자동차 경주 선수 헬무트 뵈룅과 결혼하였으나 3년 만에 이혼한 돌싱이었다. 오스트리아와 발음상 어감이 비슷하여 '호주댁'으로 불렸으나 와전이었고 한국 이름은 이부란이다.

유대 명문 가문의 셋째 딸로 태어난 프란제시카는 파란 눈을 가진 미모의 여인이었다. 영어, 불어, 독어, 에스파냐어를 유창하게 구사하는 그녀는 이승만의 훌륭한 통역 비서였다. 프란제시카는 미국을 상대로 독립운동을 하던 이승만에게 세련된 매너로 많은 도움을 주었다. 미국 정치인들에게 조선 독립을 호소하는 편지를 보내는 것은 그녀의 몫이었다.

프란제시카는 경무대 입주 후, 이승만을 찾아오는 정치인과 각계 인사들의 방문에 간섭하고 참견하여 보좌관들과 마찰을 일으켰다. 한 미모 하는 윤치호의 딸 윤노라가 이승만 곁에서 비서 임무를 보자 그녀를 내치고 이기붕의 부인 박마리아에게 시중을 들도록 했다.

남편 이승만이 임영순과 불륜 관계라는 소문이 돌자 임영순에게 금족령을 내렸다. 모윤석 역시 프란제시카의 경계 대상이다.

예약 날짜를 잡아 부르던 대통령의 긴급 호출이다. 무슨 변고가 생긴 게 틀림없다. 내용은 모르지만 부르니까 가야 한다. 지체하면 무슨 불호령이 떨어질지 모른다. 부랴부랴 채비를 갖춘 김할란과 모윤석이 경무대에 들어갔다.

"각하! 어인 일이십니까?"

김할란이 조심스럽게 입을 열었다.

"기생 파티 열지 말고 격조 높게 대화하라고 하지를 않았습네까."

짜증 섞인 질책이었다.

궁궐 정문 앞에는 "대소인은 지위 고하를 막론하고 내려서 입궁하라."라는 하마비가 있다. 정승 판서도 내려서 걸어 들어갔고 외국 사신도 가마에서 내렸다. 존중과 예의를 지키라는 뜻이다.

한 폭의 그림 같은 부용정이 있는 부용지는 창덕궁에서 가장 아름다운 곳이다. 영화당과 주합루는 정조가 규장각으로 사용했던 공간이며 '어수문(魚水文)'이라는 편액이 말해주듯이 과거 시험을 치렀던 공간이다. 험한 계곡을 거슬러 오르는 잉어는 과거를 준비하는 선비들에게 희망의 대상이다. 민화에서 잉어는 등용문(登龍門)이라는 입신출세의 뜻을 담고 있고 어수문은 등용문의 또 다른 이름이다.

"한국 문화가 전통과 예의를 중시하는 고급 문화라는 것을 보여 주기 위하여 외국 귀빈 환영회를 창덕궁에서 베풀었고 내·외빈을 위로하는 행사를 덕수궁에서 열었습니다. 각하! 외국인들에게 한국 여성들의 아름다움을 보여 주기 위하여 노력하고 있습니다."

창덕궁 경내까지 진입한 미군 지프차 ⓒ NARA

김할란을 제치고 모윤석이 나섰다.

"과유불급이라고 넘치는 것은 부족함만 못합네다."
"명심하겠습니다."

김할란이 정중하게 고개를 숙였다.

"미국의 《데일리 팔로알토 타임스》는 한국의 낙랑걸이라는 여자들이 외국인 접대 행위를 하면서 미국 요인들의 정부(情婦)가 되거나 K-마타하리가 되어 스파이 활동을 하고 있다고 보도하고 있습네다."
"스파이라니 당치 않습니다."
"심지어 낙랑걸은 한국의 집권당인 자유당의 접대부라고 표현하고 있어요."
"아무리 우방국이라지만 이건 너무 나간 것 같습니다. 심히 모욕감을 느낍니다."

김할란의 얼굴이 벌겋게 상기되었다.

"아이들 중에 김수임이라고 있습네까?"

모윤석의 뇌리에 번갯불이 스치고 지나갔다. 올 것이 왔고, 올 것이 온 것만 같았다.

"김수임이라는 아이가 미 헌병 사령관 베어드 중령과 동거하면서 기밀 정보를 빼내어 그의 애인 이강국에게 전해 주고 있답네다."

폭탄이 터졌다. 100여 명의 낙랑걸 중 하나인 김수임이 스파이란다. 김수임, 그는 모윤석보다 한 살 아래로 모윤석과 언니 동생 하는 사이다. 똑같이 이화여자전문학교를 졸업했지만 모윤석이 경성제국대학교 영문학부로 옮겨 가면서 잠시 멀어졌으나 이화여자전문학교 영문과 출신 김수임과 끈끈한 관계를 이어 오고 있었다.

김수임, 그녀는 빼어난 미모는 아니었으나 항상 웃는 낯이었다. 붙임성이 좋은 그녀를 선배들은 귀여워했고 후배를 따뜻하게 챙겼다. 특히 남자들에게 인기가 많았다. 남자를 항상 존중했으며 부드러운 애교로 대했다.

1911년 경기도 연천에서 태어난 그녀는 이화여자전문학교 영문과를 졸업한 인텔리 여성으로 영어에 능숙했다. 원어민 못지않은 능력자였다. 그녀는 이강국의 체포령이 내려지자 그를 자신의 집에 숨긴 뒤, 베어드 대령의 운전기사가 운전하는 사령관의 차에 태워서 월북을 도왔다. 훗날 이 사실이 밝혀지면서 스파이 혐의로 체포되어 사형당했다.

치과 병원 통역 시절 김수임 © Wikipedia

천하제일복지(天下第一福地)

김할란과 모윤석을 내보낸 이승만의 얼굴은 굳어 있었다.

"가카! 심기가 매우 불편해 보이십니다."
"탑골공원 앞에 자리를 펴도 되겠군."

이승만의 얼굴에 엷은 미소가 흘렀다.

"이러실 때는 산책을 하시는 게 도움이 됩니다."
"그게 어디서 나온 얘기입니까?"
"천천히 걸으면서 뇌에 잔잔한 자극을 주면 흥분했던 뇌의 신경 세포가 안정을 찾는다는 학설이 뇌 과학자에 의해 발표되었습니다."

이승만은 비서실장의 안내에 따라 산책에 나섰다.

"실장! 경내가 명당터라 하던데 얘기를 들어 보았습네까?"
"네, 가카!! 조선 개국 시대부터 명당터라는 전설이 내려오는 것으로 알고 있습니다."

비서실장이 머리를 조아렸다.

경복궁 북문 신무문 ⓒ 이정근

　　이성계를 도와 역성혁명에 성공한 정도전은 한양 도성 설계를 맡아 천도를 준비하면서 경무대 터가 명당 중 명당이라는 풍수설을 배제했다. 풍수지리는 유교와 질이 다르고 불교와도 결이 다르다. 그 뿌리는 도가(道家)에서 찾을 수 있다. 스님이 명당을 잘 잡는다는 말은 어깨너머 학습의 결과물이다.

　　무학대사는 "백악산은 기가 센 곳이니 진산을 인왕산으로 하자."라고 주장하였으나 "군왕은 남면하여 신하의 조하를 받아야 한다."라는 정도전의 성리학적 논리에 밀려 빛을 보지 못했다. 마침내 백악산을 주산으로 한 경복궁이 완성되어 개성에서 한양으로 천도했다.

　　조선의 수도가 개성에서 한양으로 옮겨 온 이후, 반정이나 정난 등 정치적인 변곡점이 있을 때는 임금이 공신들을 데리고 경복궁 북문 신무문을 나와 경무대 자리에 있는 바위 제단에 사슴을 잡아 바치고 그 피를 나누어 마시는 삽혈(歃血) 의식을 치렀다. 《공신록》에 따라 자손들까지 신분 보장을 해 줄 테니 피를 나누어 마신 공동 운명체의 일원으로 천지신명께 충성을 맹세하라는 것이다. 의식에 참여한 공신들은 번들거리는 피 묻은 입술로 가문의 영광을 서로 치하, 격려하며 제단 앞에 머리를 조아렸다. 그만큼 신기(神氣)가 강하다고 믿었던 땅이다.

현재 보존된 옛 서울 지도 가운데 가장 아름답고 정밀한 지도 하나로 꼽을 수 있는 〈한양도성도〉에 그려져 있는 회맹단. 작자 미상. 19세기 초에 그려진 것으로 추정된다. ⓒ 호암미술관 소장

"저건 무엇이오?"

뒷짐을 지고 천천히 걷던 이승만이 걸음을 멈추고 바위를 가리켰다.

"바위에 글씨가 새겨져 있는 것 같습니다."

눈이 휘둥그레진 비서실장이 바위를 바라보고 있었다.

"가까이 가서 무슨 글이 새겨져 있나 살펴보십세요."

풀숲을 헤치고 바위 가까이 다가간 비서실장이 걸음을 멈추었다.

"판독할 수 있겠습네까?"
"네, 각하!"

이승만이 바위에 다가섰다. 거기엔 화강암 자연석 바위에 커다란 글씨가 새겨져 있었다.

경무대 경내에 있는 天下第一福地(천하제일복지) 암각 글씨. 공신들의 부귀와 후손들의 영화를 지켜본 후대 사람들은 삽혈 의식 장소라 비정된 바위에 '천하제일복지'라 새겨 놓고 찬양했다. ⓒ 이정근

"하하하, 내가 천하제일복지에서 매일같이 잠을 잤구려."
"네, 각하! 복 받으신 겁니다."

비서실장이 두 손을 모으고 비볐다.

"좋은 걸 보았으니 돌아갑시다."
"네, 각하! 주무실 때 꿈을 꾸시면 꿈자리도 환하게 빛이 날 겁니다."

가죽 피리 소리에 "각하, 시원하시겠습니다."라는 아첨과 '형광등 100개 아우라'에 비견될 만한 아부성 발언이다.

영락교회 © Wikipedia

집무실로 돌아온 이승만이 나직한 목소리로 명했다.

"영 목사를 들라 이르십세요."

이승만은 40대의 한경진 목사를 젊은 목사라 불렀다. 한경진은 당대의 미국 유학파 목사였다. 더욱이 프린스턴대학교 후배로서 각별히 아꼈다. 이승만은 황해도 평산, 한경진은 평안도 평원, 같은 이북 출신으로 서로 통하는 데가 많았다.

1945년 월남한 한경진은 중구 저동에 있던 일본 천리교 경성교회 신전을 개조하여 베다니 전도교회를 개척하고 이듬해 연락교회로 이름을 바꾸었다.

3.1 독립 만세 사건을 강경 진압한 일본은 세계 여론으로부터 뭇매를 맞았다. 총칼을 앞세운 무력 진압은 문제가 많다는 것을 인식한 일본은

문화 정책으로 방향을 틀었다. '부드럽게 지속적으로'가 장기적인 식민지 전략으로 채택되었다. 총독부 기관지 《매일신보》가 창간되던 다음 해 민족지를 표방하는 《조선일보》와 《동아일보》가 창간되었다.

남산에 있는 조선신궁과 미군 지프차 ⓒ NARA

5년의 공사 기간을 거친 조선신궁(朝鮮神宮)이 건립되었다. 남산 중턱 경성부 중구 아사히초 1초메(서울 중구 회현동1가)에 신궁을 건립한 일본은 칙임관(勅任官)을 두어 관리했다. 이는 삿포로와 대만에 있는 신사보다 격을 높인 대우였으며 일본 본토 밖에 있던 유일한 칙제사(勅祭社)였다. 제국주의 일본 전체의 신사 시설 중에서도 최상급 대우를 받았다.

조선신사(朝鮮神社)는 총독부의 의도대로 굴러갔다. 조선인들이 남산 중턱에 있는 신사를 찾아 머리를 조아렸고 기독교와 천주교 사제들이 줄줄이 찾아와 참배했다. "우상을 숭배하지 말라."라는 교리와 어긋났지만 그들은 총독부에 굴복했다.

여기에서 내부적인 문제가 발생했다. 본토 신사의 영향권 아래 있는 칙임관(勅任官)이 조선총독부의 지시를 따르려 하지 않는다는 것이다. 이에 총독은 민간 종교 시설을 육성하여 관제 신사와 경쟁시키려 했다.

천리교(天理敎, てんりきょう)는 19세기 중반 일본 나라현에서 천리왕의 계시를 받았다고 주장하는 나카야마 미키(中山みき)라는 여자가 창시한 일본의 신흥 종교다. 불교 색채가 강하지만 일본 특유의 토속적인 성향도 부인할 수 없는 종교로서 도시보다 농촌과 서민층에 특화된 종교다.

대륙 포교의 전진 기지로 경성을 낙점한 천리교는 조선총독부의 특전으로 조선 왕실의 상징 영희전을 접수하여 경성분소를 세웠다. 숙종이 전주 경기전에 있는 태조 어진을 모사하여 영희전(永禧殿)에 봉안하고 매년 설날, 한식, 단오, 추석, 동지(冬至)에 참배하던 조선 왕실의 정신적인 고향이다.

여자의 변신은 무죄

청계천 수표교 ⓒ 위키피디아

왕은 궁궐의 여자는 모두가 자기 것이라고 생각한다. 내시를 거세하는 이유다. 하지만 일국의 지존 임금은 체통을 지켜 아무 여자나 손을 대지 않는다. 그런데 무수리까지 찜하며 여색(女色)을 밝히는 숙종을 노리는 사람이 있었다. 장희재다. 한성부 연은방에서 태어난 장희재는 무과에 급제하여 내금위에서 근무하고 있었다. 임금을 호위하는 직할 부대다.

창덕궁에 있는 숙종이 영희전을 오고 가려면 청계천 수표교를 건넌다. 조선 제일의 미모를 자랑하는 여동생을 두고 있던 장희재는 누이동생 장옥정에게 수표교를 거닐면서 때를 기다리라고 은밀하게 귀띔했다.

북방에 아름다운 사람이 있어
세상에 비길 데 없는 절세일세

한 번 돌아보니 성(城)이 기울고

다시 돌아보니 나라가 기우도다

누이동생의 도화살을 누구보다도 잘 알고 있는 오라비다. 넘침은 부족함만 못하다고 그녀의 경국지색(傾國之色)이 나라를 그르치지나 않을까 오히려 걱정이었다. 천하의 어떤 사내도 녹여 낼 수 있다는 자부심을 갖고 있던 장옥정 역시 자신의 미모를 시험해 보고 싶었다.

운명의 작란(作亂)일까? 장난의 운명일까? 빼어난 미모가 숙종의 눈에 띄었다. 누가 누구를 유혹했는지? 연출했는지? 그것은 중요하지 않다. 장옥정이 궁에 들어가 임금의 총애를 받았다는 사실이다. 그녀는 희빈이 되었고 왕비가 되었으며 차기 왕의 어머니가 되었다는 것이 역사적 진실이다. 이때부터 "여자의 미모는 자산이다."라는 말이 팔도를 떠돌았다.

불행하게도 오라비 장희재의 기우는 현실이 되었다. 장희빈을 떠받드는 세력에 의해 기사환국(己巳換局)과 갑술환국(甲戌換局)이 엎치락뒤치락했다. 나라가 망할 정도까지는 아니었지만 송시열을 비롯한 당대의 많은 선비가 목숨을 잃었다. 장옥정 역시 헨리 8세에 의해 참수당한 앤 불린처럼 지아비 숙종에 의해 사약을 받고 죽었다.

이러한 일은 현재도 진행형이다. 화류계에 입문한 쥴리는 노랑(老郎)의 애첩으로 끄나풀을 잡았다. 얼굴을 뜯어고치고 이름도 바꾼 그녀는 라마다 르네상스 〈볼케이노〉에서 에이스로 주가를 올렸다. 텐

프로 그녀는 서초동 골목대장을 후렸다. 피의자를 벗어나기 위한 표적 유혹이다.

칼잡이를 배에 올린 주술사는 주가 조작 솜씨를 발휘하여 권력에 배팅했다. 통정매매로 23억 원의 차액을 남겼음에도 법사가 잃어버렸다고 시침 떼는 6천만 원짜리 다이아몬드를 목에 걸고 유체 이탈을 시전하며 점유이탈물횡령죄는 엿 바꿔 먹어 버렸다.

장님 무사 어깨에 올라탄 앉은뱅이 주술사는 논문을 표절하며 석·박사에 연연하던 올챙이 시절은 잊어버리고 언감생심 감히 꿈도 꾸지 못했던 SKY를 발아래 부리며 임명직은 물론 선출직도 바겐세일 했다. 국정 농단이 아니라 국정 파탄이다. 성난 민심이 여의도와 광화문을 흔들었고, 한강진에 키세스단이 등장했다.

"장녹수처럼 군기시 앞에 끌어내 돌팔매로 치자."
"앙투아네트처럼 광화문 광장에 단두대를 설치하자."

백성들의 아우성엔 아랑곳하지 않고 주술사를 지키기 위해 '계몽'을 한 장님 무사는 권좌에서 쫓겨나고 나라는 혼란에 빠졌다. 백제 건, 건징, 천궁 등 영매(靈媒)들을 통합해 거느렸다고 자부하는 주술사가 내놓은 자기 사주는 이렇다.
"나도 내가 언제 죽을지 모른다."

알람브라 궁전 ⓒ 이정근

중세 이베리아반도는 크리스천 천국이었다. 모든 길은 로마로 통했고 사상과 신앙은 기독교가 지배했다. 산티아고 순례길도 이때 파생되었다. 8세기 초, 에스파냐는 무어인들의 세상이 되었다. 그들의 성전은 이슬람 세력에 접수되었고 성당은 무슬림의 모스크가 되었다.

한반도가 고구려, 백제, 신라, 가야로 쪼개져 있었듯이 780년 동안 이슬람 세력의 지배를 받아 온 이베리아반도는 카스티야, 아라곤, 포르투, 그라나다로 분할되어 힘을 못 쓰고 있었다. 이때 나타난 여걸이 이사벨라 여왕이다. 그녀는 카스티야 왕국 페르난도 왕자에게 청혼했다.

여자가 청혼하는 것은 예법에 어긋났다. 하지만 여왕은 관습법에 얽매이지 않고 이베리아반도 통일을 위해선 정략결혼도 서슴지 않았다. 결혼에 골인한 이사벨라는 페르난도를 남편으로 맞아들였고 카스티야 왕국을 품에 안았다. 여기에서 멈추지 않은 여왕은 어머니의 나라 포르투를 침공하여 접수했다. 여세를 몰아 그라나다를 손에 넣었다.

1492년 무어인의 아성 알람브라 궁전이 페르난도와 이사벨라 연합군에게 함락되었다. 나스로 왕조의 마지막 왕 무함마드 12세가 지브롤터 해협을 건너면서 이슬람 사원은 성당으로 부활했다.

유교 성리학의 핵심 가치 효(孝)의 상징 영희전에 조선 건국 왕 태조 이성계의 초상화가 걸렸다가 천리교의 교몬이 걸리고 기독교의 십자가가 걸리게 된 것이다. 벽면은 거기 그대로 있었지만 경배하는 표상의 색깔은 달랐다.

일본의 패망과 함께 천리교가 몰락하자 경성분소가 무주공산이 되었다. 적산 가옥은 먼저 차지한 사람이 임자다. 이북 출신 기독교인들이 경성분소 자리에서 예배를 드리며 선점의 기회를 잡았다. 불하라는 제도는 그들에게 찬스였다. 평안도 출신 27인의 기독교인은 비상한 방법으로 본당을 수중에 넣었다. 그 정점에 한경진이 있었다.
경무대의 부름을 받은 한경진 목사가 한걸음에 달려왔다.

“각하! 부르셨습니까?”
“그래요, 보고 싶었습니다.”

반갑게 맞이한 이승만이 한경진의 손을 덥석 잡았다. 양녕대군 16대 후손으로 권위를 내세우는 이승만이 평소에 하지 않던 행동이다.

“경찰이 제주에서 힘들어하고 있습네다.”
“네.”

"여수에서는 도와주는 사람들이 없어서 실패했어요."

"알겠습니다."

"한 목사가 도와주십세요."

"공산당에 재산 다 빼앗기고 혈혈단신 북에서 내려와 이를 갈고 있는 청년들이 우리 교회에 많이 있습니다."

많은 토지를 소유하며 땅 없는 백성을 수탈하던 대지주는 북한에 공산당이 들어오자 철퇴를 맞았다. 토지는 몰수당하고 악질 지주는 처형당했다. 잣대는 갑(甲), 그들 것이었다. 그들이 '악질'이라 하면 '악질' 지주라는 것이다. 살아남은 가족들의 목숨도 위태로웠다. 살기 위해서는 재산을 버리고 3·8선을 넘어야 했다.

큰 칼을 차고 지서에 근무하며 백성들에게 군림하던 순사들, 청년들을 징용(徵用)으로 뽑아 탄광에 보내고, 징병(徵兵)으로 차출하여 총알받이로 내몰던 호적계 직원들, 쇠붙이라면 숟가락 하나까지 수탈해 가던 공출(供出) 담당 직원들, 나이 어린 여자들을 위안부와 정신대(挺身隊)로 끌어내던 채홍사들, 제사 때 쓰려고 담근 술을 밀주라고 항아리째 빼앗아 가며 세금을 때리던 세무서 직원들, 수리조합이나 영림서(營林署)에 빌붙어 완장 차고 힘없는 백성들을 괴롭히던 사람들과 독립군의 뒤를 캐던 밀정(密偵)들도 발붙일 곳이 없었다. 그들은 살기 위해 야반도주를 했고 삼팔선을 넘었다.

해방 직후 시장 ⓒ 국가기록원

해방 직후 사람들 ⓒ 국가기록원

부산 미군 부대 앞에 등장한 말이 끄는 택시 ⓒ 국가기록원

북에서 빈손으로 내려온 피란민들은 남산 기슭 후암동과 해방촌에 토굴을 파고 기거하며 남대문시장에 나가 생계를 이어 갔다. 암시장에서 흘러나온 구제품과 미군 부대에서 흘러나온 깡통을 파는 도깨비시장이다. 벌이가 시원찮은 날은 꿀꿀이죽으로 허기를 채웠고 빈손으로 귀가했다.

종잣돈을 모은 사람들은 점포를 꿰차고 들어앉았지만 아직 그에 이르지 못한 사람들은 일거리를 찾아 시장 바닥을 헤매다 때가 되면 교회에 들어가 끼니를 얻어먹었다. 그들에게 연락교회는 단순 예배당이 아니라 삶에 필요한 정보의 유통 창구였으며 주린 배를 채워 주는 급식소였다.

"그들을 내려보내 경찰을 도와주십세요."
"여부 있겠습니까. 맡겨만 주시면 분골쇄신 최선을 다하겠습니다."

교회로 돌아온 한 목사는 문봉재를 불렀다. 그는 서북청년단 중앙본부 단장이었다.

"아이들을 데리고 내려가 경찰을 도와주라는 말씀입니다."
"누구의 명이요?"

눈이 휘둥그레진 문봉재가 되물었다.

"이 사람이 놀래긴, 가까이 와 봐요."

한 목사가 문봉재를 가까이 당겨 귀에 속삭였다.

"정말이요? 가카가??"

검지를 입술에 가져간 한 목사가 문봉재를 내려다보았다. 입조심 하라는 것이다.

전차를 타는 시민들 ⓒ 국가기록원

그날 밤, 교회 앞마당에 모인 청년들은 삼사오오 모여 앉아 그들이 귀동냥으로 주워들은 정보 나누기에 여념이 없었다. 그들이 나눈 새 소식에는 참도 있었고 거짓도 넘쳐 났다. 혼란의 시기엔 가짜 뉴스가 넘쳐 났다.

그들은 어디로 가는 것인지? 무엇 하러 가는 것인지? 모르고 모이 라 해서 모였다. 임무를 성공리에 마치고 돌아오면 직장이 생기고 좋

은 일이 생길 것이라는 풍문이 돌았다. 청년들은 기대에 들떴다. 혈
혈단신 이남에 내려온 그들에게 먹고살 수 있는 직장이 생긴다는 것
은 그 무엇보다 좋은 희소식이었다.

광화문 사거리를 건너는 사람 ⓒ 국가기록원

서북청년단을 적극 후원한 비조(鼻祖)는 미군정 당시 경무부장 조병
욱이었다. 해방 혼란기 치안 책임을 맡고 있던 그는 경찰력은 부족하니
기댈 곳은 청년단밖에 없었다.

연락교회 청년회가 서북청년회로 성장하고 대동청년단과 흡수, 통
합되면서 몸값이 치솟았다. 깨어 있는 청년들이 여운형에게 쏠리자
조병욱은 물론 청년전위대가 필요한 김구, 신익희 이승만, 한민당도
러브콜을 보냈다. 종로에서 조직을 거느리고 있던 김두한 등 어깨들
도 주가가 올랐다.

서울역 ⓒ 위키피디아

평양역 ⓒ 위키피디아

압록강 철교 ⓒ 이정근

밤 10시 서울역, '해방자호'가 출발했다. 목포행 호남선 열차다. '삼천리호'에서 이름을 바꾼 지 얼마 안 된 신형 열차다. 대륙 침략과 한반도 수탈을 목적으로 조선에 철도를 부설한 일본은 부산에서 경성과 평양을 거쳐 압록강을 건너 북경까지 국제 열차를 운용했다. 철광석과 석탄 등 지하자원이 풍부한 함경도 무산과 아오지까지는 지선이다.

일본 패망과 함께 한국에서 철수하게 된 일본은 조선인들에게 철도 운용 노하우 전수는커녕 운영을 방해하고 떠나 버렸다. 준비 없이 갑자기 물려받은 조선인들은 열차를 운행하는 데 어려움을 겪었다. 기술 부족, 부품 부족이 이유였다.

해방자호 ⓒ 철도박물관

철도 운용은 기차 화통만 있다고 되는 게 아니다. 선로, 신호, 차량이 유기적으로 연결되어야 안전을 담보할 수 있다. 멈추는 차량이 많아졌다. 움직이지 않는 철마는 고철 덩어리다.

용산 철도 차량 공작창에서 일본인들에게 '조센징, 빠가야로'라는 멸시를 받으며 철도 기술을 어깨너머로 배운 조선인 기술자들이 '삼천리호'를 개조하여 '해방자호'를 취역시켰으나 탈선이 잦았다.

청년들이 탄 열차가 한강을 건넜다. 그들은 〈서북청년단가〉를 부르며 의기양양했다. 숨죽여 지내던 그들에게 이러한 기회가 있었던가? 하루살이처럼 살아가던 그들에게 내일이 있고 모래가 있다. 희망이라는 미래다.

우리는 서북청년단 조국을 찾는 용사로다
나아가! 나아가! 3·8선 넘어 매국노 쳐 버리자
진주 같은 우리 서북이 지옥이 되어
모두 도탄에서 헤매고 있다

동지는 기다린다 어서 가자 서북에
등잔 밑에 우리 형제자매가 있다
원수한테 밟힌 꽃송이 있다
동지는 기다린다 어서 가자 서북에

원수 밑에 우리 형제자매가 있다
동지는 기다린다 어서 가자 서북에
우리는 서북청년단 조국을 찾는 용사로다
나아가! 나아가! 3·8선 넘어 매국노 쳐 버리자

-서북청년단가-

미카 기관차 ⓒ 이정근

　열차가 대전역에 도착했다. 서울역에서부터 달려온 증기 기관차 '파시'는 목포행 객차 5량을 떨어뜨려 놓고 부산 쪽으로 떠나 버렸다. 1,050마력의 막강한 힘을 자랑하지만 추풍령 고개를 넘을 때는 기적도 울고 넘었다.

　대전역은 환승역이다. 승객이 갈아타는 것이 아니라 가만히 앉아 있으면 끌고 가는 기관차가 바뀌는 환승역(노리까에)이었다. 정차 시간은 10분. 출발 시간을 놓치면 열차를 놓칠 수 있다. 청년들은 막간을 이용하여 우동 한 그릇씩을 때리고 재빨리 승차했다.

대전역 ⓒ 국가기록원

대전발 0시 50분, 서울에서 대전까지는 힘이 좋은 '파시'가 끌고 왔지만 대전에서부터 목포까지는 여객 화물 겸용 '미카'가 끌고 간다. 970마력 정도로 힘이 약하기 때문에 빨리 달릴 수 없다. 시속 50km가 최고 속도다.

뒤쪽에서 '쿵' 하는 소리와 함께 열차가 앞뒤로 흔들렸다. 기관차와 객차가 연결되는 너클 연결음이다. 처음 타 보는 사람은 '열차가 충돌했나?' 놀랄 정도의 충격음이다. 왔던 방향으로 역주행하는 듯한 '미카'는 방향을 틀어 서대전을 지나 황산벌과 호남벌을 내달려 9시 35분 목포역에 도착했다. 호남선 종착역이다.

제주에 간 서북청년단

제주~목포 항로를 운항했던 나무배 덕남호 ⓒ 위키피디아

　도보로 연안 부두에 도착한 청년들은 제주행 여객선에 몸을 실었다. 춘광호다. 제주도(濟州島)는 전라남도 제주군이었다. 제주도(濟州道)로 승격한 것이 해방 이듬해이니 불과 몇 년 전이다.

　제주가 성장하면서 목포, 해남을 비롯한 전남 남부 지역민들의 유입이 많았고 수산물과 감귤 등 물류 또한 목포, 완도 등 호남 쪽으로 많았다. 제주는 전라남도 생활권이었다.

　철도가 경부선에 비해 호남선이 홀대받듯이 해상 항로 역시 제주~부산 노선엔 6기통 디젤 엔진을 장착한 360톤급 철선 남영호가 운항했지만 제주~목포 노선엔 일본인 선사가 운항하던 미쯔요마루(光陽丸, 광양환)가 일본 패망과 함께 철수해 버린 후, 제작 연대도 불분명한 120톤급 중고선이 운항했다. 제주~목포 여객선은 방앗간이나 정미소에서 쓰이는 단기통 발동기를 탑재해서 '똑딱선'이라는 애칭을 얻었다,

제주는 육지와 떨어진 고립된 섬이다. 예전엔 탐라국이라고 불렀다. 양을나, 고을나, 부을나라는 독립된 군주도 있었다. 제주인들은 반도인들과 교류했지만 일본과 우호적인 관계를 유지했다. 광복 직전까지 제주~시모노세키~오사카를 운항했던 기미가요마루(君代丸, 군대환)는 항상 만원이었다.

서북청년단 © Wikipedia

제주에 도착한 서북청년단은 기세가 등등했다. 뒷배가 최고 지존이다. 이 나라 대통이 배후에 있으니 고삐 풀린 망아지처럼 하늘 높은 줄 모르고 날뛰었다. 경찰도 통제 불능이었다. 오히려 법률적으로 경찰이 손대기 어려운 일을 도맡아 처리했고 조직 체계상 시간을 요하는 일도 신속하게 척결했다. 군(軍) 역시 간섭하려 들지 않았다.

지서에 파견된 장윤덕은 도피자 가족을 심문하면서 모진 고문을 자행했다. 원하는 답이 나오지 않자 한 사람씩 불러 세웠다.

"네 아들이 어디로 갔느냐?"
"모르쿠다."

닛뽄도(日本刀)를 빼어 든 장윤덕이 등을 찔렀다. 주민은 비명을 지르며 꼬꾸라졌다. 장윤덕이 또 한 사람을 불러 세웠다. 그는 고문에 얼마나 얻어맞았는지 똑바로 서 있지 못했다. 뿐만 아니라 혈뇨를 방뇨하고 있었다.

"이 자식 봐라? 당장 바지 벗어."

죽고 죽이는 살육의 현장이다. 누가 누구의 명을 거역하겠는가. 명하는 자가 왕이다. 수치스러움 따위는 사치다. 바지를 벗었다.

"닦아, 임마."

구부정하게 엎드려 벗은 바지로 핏물을 닦고 있는 그의 등 뒤로 칼이 꽂혔다.

"너 이리 나와."

장윤덕이 한 여자를 지목했다. 아기를 안고 있던 여자가 겁에 질린 눈초리로 좌우를 두리번거렸다.

"네 남편은 어디로 도망갔느냐?"
"모르쿠다."

산발한 머리를 좌우로 흔들며 겁먹은 목소리로 말했다.

"네년도 같은 년이다."

그의 칼이 허공을 갈랐다. 동시에 여인의 목이 나뒹굴었다. 구둣발로 여인의 머리를 툭툭 차던 장윤덕이 엄마의 목과 함께 바닥에 떨어져 버둥거리던 아기의 가슴에 칼을 꽂았다. 심장이다.

눈이 핏빛으로 충혈된 장윤덕이 칼에 찔린 아기를 치켜올리며 누런 이를 드러냈다. 지옥에서 온 악마의 웃음이었다. 이날 인간 백정 장윤덕의 칼끝에 희생된 사람이 80여 명에 달했다.

인간성을 상실한 서청 단원들은 도청으로 쳐들어갔다. 평소 도 행정에 불만이 많던 단원들은 총무국장 김두현을 꽁꽁 묶어 꿇어앉혔다.

"넌 뭐 하는 놈이냐?"

김재몽의 손에 몽둥이가 들려 있었다. 그는 서청 제주단장이다.

"예산을 편성하고 집행하는 사람입니다."

총무국장이면 도 살림살이를 맡아 하는 행정 2인자다.

"네놈 돈이 아니라고 공산당 놈들을 위해서 써도 된단 말이냐?"
"우리는 그놈들이 공산당인지 양민인지 모르쿠다."
"이 새끼 주둥이 좀 봐라?"

몽둥이가 입술을 강타했다. 비명을 지른 김두현이 피투성이 얼굴을 감싸 쥐며 얼굴을 들었다.

"다리가 끊어졌으면 복구해 주어야 하고 학교가 부서졌으면 고쳐 주어야 하는 것이 우리의 일입니다."
"그놈들이 학교를 쓰고 있잖아."

몽둥이가 어깨에 작렬했다. 매타작을 견디지 못한 총무국장이 정신줄을 놓았다.

"밖으로 내다 버려."

단장의 명이 떨어지기 무섭게 청년들이 달려들어 실신한 총무국장을 질질 끌고 밖으로 나갔다. 길바닥에 버려진 김두현은 아무런 조치도 받지 못하고 숨을 거두었다.

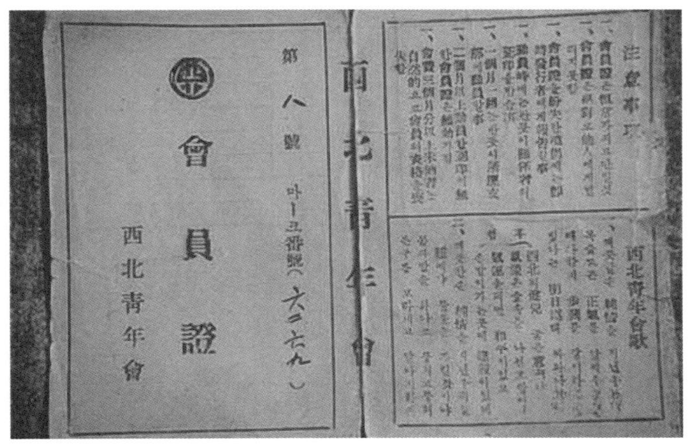

서북청년단 신분증 © Wikipedia

　서북청년단의 일원으로 제주에 내려온 박태식은 애월면으로 출동했다. 일제 시기 밀정(密偵)으로 먹고살던 그는 북에 발붙이지 못하고 3·8선을 넘었다. 애월면 주정 창고에는 경찰이 가두어 놓은 20여 명이 있었다.

　"면장이 누구냐?"

　박태식이 눈알을 부라렸다. 주춤거리던 양달국이 앞으로 나섰다.

　"네놈이 면장이냐?"
　"네, 그렇소이다."
　"넌 왜 면민들을 선동하여 공산당에 협조하라고 했어?"
　"나는 공산당이 무엇인지 모르쿠다. 다만 5·10 선거는 조선 팔도를 대상으로 한 선거가 아니었기에 그런 분단 선거에는 투표하지 말자고 했을 뿐입니다."
　"이 새끼가 진짜 빨갱이구만?"

　박태식이 칼을 빼어 들었다. 순간, 쭈그리고 앉아 있던 양순임이 앞으로 나섰다.

　"아이구 선생님! 한 번만 살려 주십시오."

　양순임이 박태식의 팔을 붙잡았다.

"네년은 뭐 하는 년이냐?"

"우리 아방입니다."

"뭐 하는 년이라고 묻지를 않았느냐?"

"애월 학교에서 아이들을 가르치고 있습니다."

"선생질하는 년이라구?"

되묻는 것과 동시에 그의 손에 들려 있던 칼이 허공을 갈랐다. 붉은 선혈이 뿜어지는 것과 함께 양달국의 목이 떨어졌다.

"아바지!"

외마디 비명 소리를 지른 양순임이 아버지 머리통을 감싸안았다. 박태식이 핏물이 뚝뚝 떨어지는 닛뽄도(日本刀)를 겨누었다.

"일어낫!"

"…."

"일어나라고 했다."

명령이다. 다음엔 어떠한 상황이 펼쳐질지 아무도 모른다. 칼이 눈 앞에 번득인다. 그녀가 아버지의 머리통을 부여안고 일어섰다. 흘러 내린 핏자국에 머리칼이 엉켜 있다.

"공산당을 비호한 자도 빨갱이다. 공산당 머리통을 내려놓으면 살려 주고 그렇잖으면 네년의 머리도 땅에 떨어질 것이다."

그가 하느님이고 판관이다. 그가 빨갱이라 부르면 빨갱이가 되는 것이고 죽이면 죽는 것이다.

부들부들 떨고 있는 양순임의 팔에 힘이 풀렸다. 순간, 양달국의 머리통이 바닥으로 떨어졌다. 양순임의 무릎이 꺾이며 머리통을 감싸안았다. 그때였다. 박태식의 칼끝이 등을 찔렀다.

"하나, 둘, 셋, 셀 때까지 일어난다. 일어나지 않으면 영원히 일어나지 못할 것이다."

최후 명령이다. 아버지의 머리통을 안고 있던 양순임이 아버지를 바라보았다. 눈을 감지 못하고 있었다. 피 묻은 손으로 눈을 감겨 주자 그제야 눈을 감았다.

양순임이 자리에서 일어났다.

"좋다, 너는 살려 준다."

그날 밤, 양순임을 자신의 사무실로 불러들인 박태식은 그녀를 겁탈했다. 순결 상실 따윈 사치다. 죽음 앞에선 가치 실종이다. 욕심을 채운 박태식이 담배를 꼬나물었다. 금년부터 시판되기 시작한 최고급 담배 '백합'이었다.

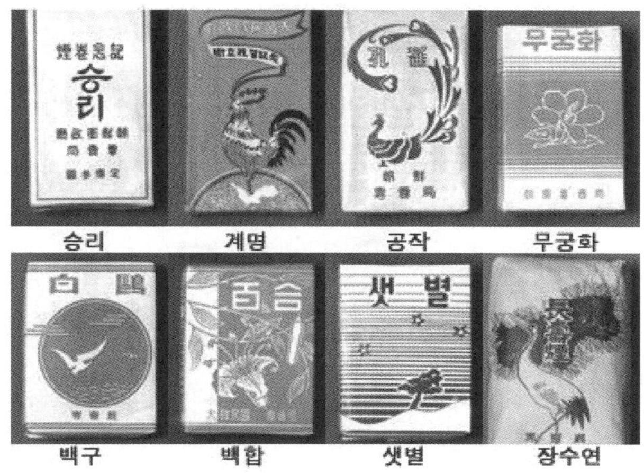

해방 이후 출시되었던 담배 ⓒ 위키피디아

"홀홀단신 북에서 내려왔수다. 남에는 일가친척 하나 없소. 당신을 의지해서 이 땅에 정착하고 싶소. 내 청을 들어주면 당신은 살 것이고 거절하면 바다의 고기밥이 될 것이오."

살벌한 청혼이다. 세상에 둘도 없는 구혼이다. 거절하면 죽음이다. 거절할 명분을 찾는 것마저 구차스럽다. 질긴 게 목숨이고 약한 게 여자이던가. 양순임은 박태식의 겁박에 무너졌다. 그들은 결혼식도 없이 동거에 들어갔다. 아버지를 죽인 사람과의 동침. 여자의 아픔이다.

양순임을 취한 박태식은 애월면 유지 문중의 사위가 되었다. 면장과 수리조합장을 배출한 집안이다. 그는 빨갱이에 연루된 문중 사람들을 풀어 주고 죽음 직전의 양씨들을 살려 주며 점수를 땄다.

수양대군(세조)이 성삼문을 직접 친국했던 경복궁 사정전 © 이정근

1456년, 단종 복위 운동에 실패한 수많은 사람이 처형되었다. 성삼문, 박팽년, 유응부, 이개는 경복궁 사정전에서 세조의 친국을 받았다. 그들은 수양대군의 왕위 찬탈을 힐난하며 기개를 잃지 않았다.

살이 타고 뼈가 으스러지는 작형(灼形, 단근질)에도 굴하지 않았다. 그들은 군기시 앞에서 거열형에 처해졌고 하위지는 참살(斬殺)되었다. 유성원은 자기 집에서 스스로 목숨을 끊었다. 사육신이다.

왕위 찬탈 세력은 이것도 모자라 성삼문의 목을 숭례문 앞에 효수한 후, 조선 팔도를 순례하며 조리돌림했다. 뿐만 아니라 3족을 멸했고 부인과 딸들은 공신들에게 하사했다.

성삼문의 아내 차산은 운성부원군 박종우에게 주고, 성삼고의 아내

사금은 우찬성 정찬손에게 주었고, 성삼성의 아내 명수는 병조판서 홍
달손에게 주고, 성맹첨의 아내는 판내시부사 전균에게 주었다. 적과의
동침, 전국 시대나 정난(靖難) 시대에 피할 수 없는 여인의 잔혹사(殘酷史)
다. 예나 지금이나 나라가 혼란하면 피해를 보는 건 여인들이다.

안두희 ⓒ 국가기록원

백범 김구 암살범 안두이도 서북청년단 출신이다. 평안북도 용천
대지주 안병서의 막내아들로 태어난 그는 신의주상업학교를 졸업하
고 메이지(明治)대학교 법학과에 진학했으나 중도에 학업을 중퇴하고
중국을 떠돌았다. 사업인지, 장사인지, 밀정 노릇인지 그 자신만 알
수 있다.

해방과 함께 고향에 돌아왔으나 발붙일 곳이 없었다. 눈을 피해 서
울에 스며든 안두이는 서북청년단 문봉재를 찾아갔다. 시대 상황에
의기투합한 그는 총무부장을 맡아 맹활약했다. 영웅심에 들뜬 그는
국방경비대가 창설되자 군문에 입대하였다.

육사 졸업 후 포병 소위가 되어 복무하던 중 경교장을 찾아가 김구를 저격하여 죽음에 이르게 하였다. 그는 백범을 암살하기 6일 전, 신성모와 채병덕 등 군 수뇌부와 경무대에 갔었다. 그들을 면대한 자리에서 대통령은 "높은 사람 말 잘 들어."라고 포병 소위를 격려했다.

한국은행 본점 ⓒ 위키피디아

보신각 사거리에서 숭례문에 이르는 남대문로는 쩐의 금맥이다. 조선 팔도의 돈이 남대문로에 모여든다. 여기서 풀린 돈이 돌고 돌아 이곳으로 모인다. 그래서 돈이다.

국책은행 한국은행 본점이 여기에 있고 상업은행, 조흥은행, 식산은행, 저축은행, 한일은행, 등 '돈 장사' 하는 한국의 대표적인 금융기관 본점이 여기에 자리 잡고 있다. 돈이 흐르는 종로 포목점과 '없는 것

빼놓고 다 있다'는 남대문시장이 연결되어 있다.

일제 강점기엔 미스꼬시 백화점과 조지야 백화점이 성황을 이루었으며 미나카이 백화점과 히라다 백화점이 인접해 있다. 여기에 민족 자본으로 설립한 화신, 동아, 김윤 백화점이 한 축을 담당했다. 한마디로 돈 냄새가 물씬 나는 돈의 거리다.

돈은 눈도 있고 발도 있다. 용주골에서 밑씻개로 쓰이던 돈과 하야리 아부대 철조망에 걸려 있던 돈이 이곳으로 날아왔다. 서양인이 그려져 있는 돈을 손짓하는 사람은 골목 어귀에 서성이는 여자다. 남들은 암달러상이라고 부르지만 본인은 금융업을 하는 '할매'라고 겸손을 전대에 넣어 두고 있다. 부산에서 올라온 돈은 벤저민 프랭클린이 그려져 있었고 법원리에서 출발한 돈은 알렉산더 해밀턴이 그려져 있었다.

소공동 ⓒ 위키피디아

삼팔선 유사시 한국은행 비밀 금고에 보관되어 있는 금괴 수송을 진

두지휘해야 하는 하우스만은 소공동에 사무실을 두고 있었다. 그의
사무실에 김창령이 불려 왔다.

"어서 오시오, 김 대위!"
"감사합니다, 이렇게 불러 주셔서."

미 CIC 책임자가 불러 준 것만 해도 영광이다. 김창령은 몸 둘 바를
몰라 했다.

"정보과는 일을 하는 겁니까? 안 하는 겁니까?"

거두절미 질책이다. 미합중국 육군 대위가 대한민국 육군 대위를
몰아세우고 있다. 내정 간섭 따윈 거추장스럽다.

"열심히 하고 있습니다."
"열심히 하면 뭐 합니까? 실적을 내놓아야지, 실적을."

실적주의가 몸에 밴 블랙맨이다.

"군(軍)에 공산당이 암약하고 있습니다."

하우스만의 예리한 눈초리가 김창령을 쏘아 보았다. 아는 사람은
안다. 그의 눈빛이 레이저 불빛이라는 것을.

"네, 저희도 첩보를 입수하여 추적하고 있습니다."
"추적만 하고 있으면 뭐 합니까? 잡아들여야지."
"예, 알겠습니다."

대통령 앞에서도 빳빳하던 김창령이 더욱 움츠러들었다.

"박 소령이 매우 의심스럽습니다."
"예의 주시하고 있습니다."
"고구마 캐 보셨습니까?"
"네?"
"고구마는 줄기를 잘 선택해서 잡아당기면 줄줄이 올라옵니다. 씨알이 굵은 것도 있고 작은 것도 있는데 이재복 줄기를 잘 당기면 쏠쏠할 겁니다."

육군 남로당 총책 이재복을 하우스만이 알고 있다. 적어도 미군이 끼지 않은 정보만큼은 자신이 조선 제일 검(劍)이라고 자부해 왔다. 한데, 하우스만 앞에만 서면 작아진다.

정보와 방첩 분야에서 잔뼈가 굵은 하우스만의 통찰력은 날카로웠다. 도대체 그의 첩보망은 어디까지이며 안테나는 어느 곳에 꽂혀 있을까? 특활비를 얼마나 쓰길래 이토록 찰진 고급 정보를 낚아 올릴까? 부럽기도 하고 두려움이 밀려왔다.

김상헌 시비 © 이정근

8기군을 앞세워 왕의 항복을 받아 내고 70만에 이르는 포로를 끌고 돌아간 황제의 사신이 압록강을 건널 때는 예전의 사신과 격이 달랐다. 서로 존중하는 호혜주의가 아니라 전승국의 관리다. 기세가 등등했다. 교만과 만용이 하늘을 찔렀다. 그들이 융숭한 대접을 요구하기 전에 우리가 먼저 기었다. 칙사(勅使) 대접이다.

그들 일행이 조선 땅에 들어오면 용만관(龍灣館)에 여장을 풀었다. 용만관은 청나라가 조선 땅에 세운 그들의 관아다. 대륙을 오가는 내외 사신을 위해 나라에서 국영 호텔 의주관을 세웠지만 그들은 시설이 협소하고 수준이 낮다고 용만관에 머물렀다.

용만관은 청나라 사람들이 상주하고 있었으며 별도의 옥(獄)을 갖추고 있었다. 옥에 갇히는 수감인은 중국인은 물론 조선인도 있었지만 조정에서 관여할 수 없었다. 치외법권(治外法權) 지대다. 김상헌과

최명길도 한때 이곳에 수감되었으며 홍익한, 윤집, 오달제도 이곳에
갇혔었다.

한양에서 파견한 영접사와 의주목사는 기생을 동원하여 의주관에
서 잔치를 베풀었다. 그들은 진수성찬에 칙사 대접을 받았다. 객고를
푸는 것은 덤이다. 1주일 정도 머무는 동안 선물은 챙기고, 좋아 보
이는 물건은 빼앗아 귀국길에 가져갈 거라고 차곡차곡 쟁여 두었다.
귀금속과 청자와 서화 등 골동품이다.

그들은 접대가 만족스럽지 않으면 조선 관리를 구타했다. 심지어 기
생 붙여 주는 데 소홀했다고 병조좌랑 변호길을 몽둥이로 팼다. 좌랑이
면 지방 관료가 아니라 중앙 정부에서 영접사 일원으로 파견한 정6품
중간 간부급 관리다. 더욱이 병조좌랑은 이조좌랑과 함께 조정의 인사
권을 행사하는 직책이어서 대감급 판서나 참판들도 무시하지 못하는
관직이다.

이른 새벽 한양으로 출발하면서 등불을 밝게 켜 놓지 않았다고 도사
(都事) 신응망의 갓을 벗기고 개 끌듯이 끌고 오다가 서흥(瑞興)에서 놓아
주었다. 약소국의 설움이다.

박정이를 체포하라

김창룡(中)과 박정희(右) ⓒ 국가기록원

육본으로 돌아온 김창령은 방첩과장 김안일과 마주 앉았다.

"각하께 혼나고 하우스만한테 깨졌습니다."

'그놈' 때문에 억울하다는 표정이다.

"조인트 까이지 않은 것만도 다행이지."

김안일이 장난스럽게 웃었다.

"분통이 터져 죽겠는데 놀리십니까?"
"놀리긴? 열심히 해 보자구."

"각하의 특명을 수행하려면 국장님도 비밀로 해야 합니다."
"그야 물론이지."

정보국은 강경파와 온건파로 나뉘어 있었다. "하자가 있는 자도 능력이 있으면 고쳐 써야 한다."라는 정보국장 백선엽과 반공으로 노선을 굳힌 대통령의 눈에 들려면 빨갱이 사냥밖에 없다고 생각한 김창령이다. 없으면 어떻게 하나? "만들면 된다."라는 것이 그의 좌우명이었다. 그에게서 당하고 배운 사람은 후대에 "하면 된다."라는 명언(?)을 남겼다.

"빨갱이를 다 잡아 죽이라는 각하의 명입니다."

불타오르고 있었다. 잡아들이라는 명을 잡아 죽이라는 명으로 해석하고 싶었다. 그렇게 해야 자기의 공을 쌓을 수 있을 것 같았다.

"으음."

김안일은 깊은 한숨을 토해 냈다. 피 튀기는 살육의 그림이 보였다.

"박정이를 잡아들이겠습니다."
"박정이를…?"

박정이가 누구인가? 만주군관학교와 일본 육사를 나온 육군의 동량이지 않은가. 포병과 출신 박정이는 육군 중에서도 드물게 독도법(讀圖

法)의 능력자였다. 포병의 기본이지만 박정이는 유난히 신속 정확했다.

"자신하는가?"
"옙."
"믿어도 되는가?"
"냄새가 납니다."

함경도 사나이답게 거친 목소리에 힘이 있었다.

"좋다."

광주에 설치된 지리산공비토벌사령부에서 지도를 펴 놓고 작전 회의를 하는
송호성 사령관과 박정희 소령. 맨 오른쪽이 하우스만 ⓒ 국가기록원

박정이 체포 지시가 떨어졌다. 정보국3과가 총대를 멘 것이다.
박정이에게 미행조가 붙었다. 잠복 끝에 수사관들이 박정이의 신당

동 지하방을 급습했다. 이때 그는 자신이 소지하고 있던 권총의 총번을 줄칼로 갈아 뭉개고 있었다. 모종의 거사를 준비하고 있었던 것일까? 수사망이 좁혀 오자 극단적인 선택을 하면서 증거를 인멸하려고 그랬을까? 그는 결행하지 못하고 체포됐다.

마포나루 ⓒ 위키피디아

김창령의 심문(審問)과 신문(訊問)은 상상을 초월했다. 군내(軍內)에 남로당 세포가 있다는 것이다. 답은 정해져 있으니 너는 답만 하라는 것이다. 듣고 싶은 답이 나올 때까지 폭력과 고문이 행해졌다.

"너 여기에서 모가지 따 가지고 버려도 쥐도 새도 몰라."

목이 아니라 모가지에 임팩트를 주었다. 목은 생명 사상이 깃들어 있지만 모가지는 풍뎅이 모가지처럼 비틀림을 당하는 보잘것없는 생명이라는 뜻이 내포되어 있다. 너는 그러한 대상이니 '네 목숨은 내 손에 달려 있다'고 낮잡아 부르는 말이다.

"어디다 버리느냐고? 돌 매달아 서강에 버리면 그만이야."

애오개를 넘어가면 삼개 나루터다. 마포나루에서 양화진까지를 서강이라 불렀다.

"모르는 건 모른다 하지 더 뭐이가 있겠습니까?"

경상도 사나이 특유의 질박한 목소리다.

"김학림 집은 왜 자주 찾아갔어?"

김창령이 지휘봉으로 자신의 손바닥을 '탁탁' 치며 박정이 옆을 맴돌았다.

"적적해서 찾아가 막걸리를 나누어 마셨을 뿐입니다."

경비사관학교 교관 김학림은 박정이의 만주군관학교 후배다. 김학림은 부대가 있는 태릉 근처 공덕리 누추한 초가집 행랑채에 셋방을 얻어 신혼살림을 차렸다. 그 집에 영내 관사에 있던 박정이가 수시로 드나들었다. 박정이와 김학림이 막걸리 잔을 기울이다 부인이 들어오면 김학림을 데리고 밖으로 나갔다.

서대문형무소 ⓒ 이정근

　현저동 44번지, 나라를 찾겠다고 독립운동을 하던 사람들에게 악명 높은 곳이다. 유관순 열사가 이곳 서대문형무소에서 목숨을 잃었고, 서울역에서 사이토 총독에게 폭탄을 던진 강우규 의사가 교수형을 당한 곳이다. 명동성당 앞에서 이완용을 처단하려다 미수에 그친 이재명 의사도 이곳에서 처형되었다.

　백범 김구, 단재 신채호, 도산 안창호는 징역을 살았다. 그들이 수감되었던 9옥사는 지옥이었다. 얼마 전에 입소했던 춘원 이광수와 악질 일본 순사 출신 노덕술은 반민 특위가 해체되면서 빠져나갔다.

　한양 천도 당시 무학대사가 성안에 넣고 싶었다는 선바위가 내려다보고 있는 형무소 접견실. 면회 신청을 한 여인이 초조하게 기다리고 있을 때, 간수의 호송을 받은 박정이가 들어섰다. 푸른 수의에 오라에 묶인 모습이었다.

"면회 시간은 10분입니다. 담배와 음식은 주고받을 수 없고 대화 내용은 여기에 모두 기록합니다. 자, 지금부터 시작하십시오."

팔을 걷어 올려 시계를 쳐다보던 간수가 박정이의 오랏줄을 풀어주었다.

"공산당이 싫어서 부모 형제 두고 삼팔선을 넘어왔는데 내가 왜 공산당 놈하고 살아야 해? 흥! 어림없지. 착각하지 말어!! 나하고 살고 싶거든 남로당을 청산하고 그렇잖으면 헤어져."

눈을 마주친 그녀는 간수가 있거나 말거나 총알처럼 퍼부었다. 이현란, 그녀는 원산 루시여고를 졸업하고 단신 월남하여 이화여대에 재학 중인 학생이었다.

이현란(왼쪽)과 박정희(오른쪽) ⓒ 위키피디아

지난해 가을, 박정이가 조선경비사관학교 교관으로 근무할 때, 춘천에 근무하던 친구 김경원 대위가 결혼한다는 청첩장을 보내왔다. 김경원과 박정이는 춘천 8연대에서 같이 근무했던 막역한 친구였다.

경춘선 열차를 타고 예식장에 도착한 그는 많은 하객 중에서 군계일학처럼 돋보이는 여자를 발견했다. 신부 들러리를 서고 있는 여자였다. 특히 아랫입술이 환상이었다. 박정이는 그 여인을 보는 순간, 심장이 '쿵' 하면서 짜릿한 현기증을 느꼈다. 섹쉬한 여컷을 봤을 때 느끼는 남컷의 심쿵이다. 한국 여자, 중국 여자, 일본 여자, 러시아 여자 등 많은 여인을 품어 봤지만 이러한 경험은 처음이었다.

박정이는 돌격 작전하듯 그녀를 공략했다. 육사 동기 이호 부인에게 소개팅을 부탁했다. 처음 만난 자리에서 원산에서 홀로 올라와 외로웠던 그녀의 심리 상태를 파악했다. 외로워하고 있다는 것은 외로워하고 싶지 않다는 반증이다. 을지로 입구 부잣집에서 아르바이트를 하고 있지만 당장 등록금 8,000환이 문제였다는 것도 알았다. 사냥꾼에겐 둘도 없는 호재다. 대신 내 주겠다는 원조에 그녀가 무너졌다.

법적으로 본부인과 아직 혼인 관계가 정리되지 않은 유부남 신분이었던 박정이는 겁도 없이 약혼 날짜를 잡았다. 명동 삼오정에 이한림, 이주일, 이호를 초대한 박정이는 등교하던 이현란을 이대 앞에서 납치하듯 끌고 와 약혼식을 거행하고 용산 군인 관사에서 동거에 들어갔다.

박정이는 법적으로 결혼할 수 없다. 본처가 있기 때문이다. 결혼식을 하면 중혼(重婚)이다. 드러나면 축첩으로 국가 공무원에서 면직된다. 사실혼이어도 이혼을 전제한 약혼이라고 변명할 수 있다. 결혼식이 아닌 약혼식, 이게 바로 꼼수다.

그는 30세에 여덟살 아래 이현란을 만나 생애 처음으로 뜨거운 사랑을 나누었다. 다카키 마사오로 살았던 만주 군관 시절 이래 가장 행복한 시기였다.

"본부인과 이혼할 수 없을 바엔 차라리 나와 헤어져."

이현란이 요구했다. 자신의 요구가 받아들여지지 않자 가출하고 음독자살을 시도하며 박정이를 압박했다.

박정이가 형이 확정되어 서대문형무소에 수감되어 있을 때 아들을 낳았다. 그러나 그 아기는 6개월 만에 죽었다. 이현란은 아기의 시신을 빨간 관에 담아 김학림 부인과 함께 이태원 공동묘지에 묻어 주고 용산을 떠났다.

박정이와 헤어진 이현란은 영등포에서 교사로 재직하던 중, 동료 교사와 눈이 맞아 신접살림을 차렸다. 그녀가 동성로를 걷고 있을 때, 군 지프차가 클랙슨을 울리며 멈춤과 동시에 앞자리에 앉아 있던 검은 선글라스를 낀 사나이가 내렸다. 박정이 소령이었다.

30대의 청년 박정이는 동년배의 장준하와 김준엽이 일본군을 탈출하여 광복군이 되어 일제와 싸울 때, 자신은 일본군 장교로 복무한 것이 콤플렉스로 작용했다.

해방 조국은 친일 반민족 행위자와 부역자 색출에 나섰다. 위험을 느낀 그는 '신분 세탁'의 대열에 끼어 조선경비사관학교에 들어갔다. 아버지처럼 따르던 맏형 박상희가 대구 10.1 사건에서 경찰의 총격에 사망하자 대한민국에 환멸을 느꼈고 좌익에 경도되었다. 이때 그의 옆구리를 파고든 사람이 이재복이다.

1939년 3월 31일 《만주신문》 7면에 실린 박정희 혈서 기사 © Wikipedia

경북 선산에서 태어난 박정이는 형 박상희의 강권으로 대구사범학교에 들어갔다. 사범학교는 암울한 시대에 조선의 젊은이들에게 선망의 대상이었다. 공부는 잘하는데 집안이 가난한 청년들에겐 로망이었다. 월사금도 받지 않고 용돈까지 주니 더할 나위 없었다. 그뿐만이 아니었다. 졸업과 동시에 취업이 되니 고을에서 머리 좋다는 학생들이 너도나도 뛰어들었다.

조선 팔도에 경성사범, 평양사범, 대구사범밖에 없는 입시 환경은 경쟁이 치열했다. 형 박상희가 먼저 사범학교에 도전했다. 살인적인 경쟁을 뚫지 못하고 낙방했다. 동생 박정이가 머리가 좋다는 것을 간파한 박상희가 적극 추천했다. 아버지 같은 형의 권유를 뿌리칠 명분도 거절할 이유도 없었다. 주저 없이 응시했다. '한 방'에 '훅' 간 게 아니라 '한 방'에 붙었다.

"죽기 전에 막내가 결혼하는 걸 보고 싶다."라는 아버지의 성화에 못 이겨 재학 중 결혼했다. 졸업 1년 전이다. 대구사범학교를 졸업한 박정이는 문경소학교에서 교사로 재직했다. 조선인 차별이 심한 근무 여건은 열악했다. 이때 만주군관학교 1기생 모집 공고가 떴다. 평소 군인을 동경하고 있던 그는 망설임 없이 응시했으나 나이가 많다는 이유로 거절당했다.

낙방의 고배로 의기소침해 있던 그에게 유증선이 다가왔다. 혈서를 써 보내라는 것이었다. 혈서(血書)와 할복(割腹)을 의미 있게 받아들이는 사무라이 문화를 이해한 유증선의 권고였다. 박정이는 면도칼로 새끼손가락을 그어 '혈서'를 썼다.

"군관학교에서 소생을 받아만 주신다면 일본인으로서 수치스럽지 않을 정신과 기백으로 일사봉공(一死奉公)할 결심입니다. 나아가 조국 일본을 위해 멸사봉공(滅私奉公) 견마(犬馬)의 충성을 다할 결심입니다."

천황의 개와 말(犬馬)이 되어 충성하겠다는 혈서가 주효했을까? 박정이는 2기에 합격하여 수석 졸업을 했다. 그는 졸업식장에서 한족, 만족, 몽족, 대화족, 조선족 졸업생을 대표하여 선서했다.

"나는 목숨을 바쳐 사쿠라와 같이 훌륭하게 죽겠습니다."

닛뽄도(日本刀)를 차고 경례하는 모습이 각이 살아 있었다. 하지만 그는 분명 조선족이었지만 일본인이었다. 다카키 마사오(高木正雄)라는 일본 이름이 그것을 말해 주고 있었다. 창씨개명이 그를 일본 사람으로 만들었다. 아니, 정신까지도 일본 사람이 되어 있었다. 박정이는 졸업식에서 기쿠가몬쇼가 새겨진 금장 시계를 은사품으로 받았다. 국화문장(菊花紋章)은 일본 황실의 가문이다.

여세를 몰아 일본 육군사관학교에 편입한 그는 3등으로 졸업했다. 소위로 임관한 그는 관동군 제8보병단에서 중위로 진급한 후 1달 만에 일본 항복과 함께 패잔병이 되어 만주를 탈출했다. 일본 패망과 함께 조국이 해방되자 은근슬쩍 국군에 들어가 신분 세탁을 했다.

해방되던 1945년은 풍년이었다. 세상은 좌우익으로 뒤숭숭했지만 땅은 정직했다. 하늘도 농사를 도와주었다. 천수답이 대부분인 경작지에 가뭄과 홍수도 없었고 태풍도 없었다.

벼는 농부의 발소리를 듣고 자란다 했던가. 씻나락이 모가 되고, 모가 벼가 되고, 벼가 나락이 되고, 나락이 쌀이 되려면 팔십팔(八+八)번의 발걸음이 필요하다. 그래서 쌀 미(米) 자다.

추수를 기다리는 황금 들판 ⓒ 이정근

황금 들녘의 벼 이삭은 튼실했다. 가꾼 대로 내어 주고 보살핀 대로 보답했다. 하지만 1946년 초부터 전국에서 쌀값이 천정부지로 뛰었다. 돈이 있어도 구하지 못하는 쌀 품귀 현상이 발생했다. 미군정이 도입한 '미곡자유시장제'에 뒷구멍으로 식량을 빼돌린 양정(糧政) 관료들과 '최고 가격제'에 편승한 장사꾼들의 매점매석이 가장 큰 원인이었다.

쌀은 농사짓는 농부들에게도 생명이지만 사 먹는 국민들에게도 생명줄이다. 전국의 민심이 흉흉했다. 유동 인구가 많고 일본에서 들어오는 귀국선이 드나들던 부산에서 먼저 터졌다. 굶주린 시민들이 부산의 식량 배급소에 난입하는 사건이 발생한 것이다.

이때, 남한에 점령군으로 들어온 미군의 군정장관은 하지 중장, 도쿄 극동사령부엔 맥아더가 있었다. 북한에 진주한 소련군 최고 지휘관은 25군 사령관 이반치스차코프 대장이었지만 군정장관은 테렌티 포미치 시티코프였다. 주둔군 사령관은 야전에서 잔뼈가 굵은 작전통이었고 시티코프는 연해주 군관구의 군사위원이며 정무 감각이 뛰어난 정치군인이었다.

소련 최고 통치자 스탈린은 조지아 출신이다. 그는 벨라루스 출신 시티코프를 총애했다. 둘 다 정통 러시안 성골이 아니었다. 이방인으로서 서로 밀어주고 끌어 주는 관계였다. 그는 스파이의 전설 KGB 베리야와 스탈린을 떠받치는 양대 산맥이었다.

시티코프는 스탈린의 충복으로 뼛속까지 공산주의자였다. 시기가 무르익었다고 판단한 시티코프는 자금을 내려보내고 지령을 하달하여 봉기를 준비하라 명했다.

대구는 신의주와 함께 저항의 도시다. 불의는 단연코 배척하는 도시다. 안동, 예천, 상주와 함께 흐르는 낙동강 벨트는 자존심도 강했다. 대구는 앞서가는 도시였다. 나라가 기우는 것을 탄식하던 대구 시민들은 국채보상운동을 펼쳤다. 일제강점기에는 조선의 모스크바로 불렸다. 조선총독부는 대구를 불온의 땅으로 감시했다.

10월 1일, 대구 역전에 수천 명의 노동자가 집결했다. 섬유·인쇄·출판·화학·중공업에 종사하는 노동자들과 광산에서 탄을 캐는 광부들이었다. 그들은 태극기를 앞세우고 〈적기가(赤旗歌)〉를 부르며 공회당호텔 부근에 포진한 무장 경찰대와 충돌했다. 시위대는 저지선을 뚫고 중앙통과 태평로(幸町) 거리로 쏟아져 나갔다. 이때, 총소리가 울렸다. 무장 경찰이 발포한 것이다.

흥분한 노동자들은 더 거세게 몰아붙였고 시민들이 동참했다. 시위대는 지서와 경찰서를 습격했다. 대구 경찰을 지원하기 위해 파견된 충청도 경찰 병력이 박상희에게 총탄을 퍼부었다. 그는 가슴과 복부에 3발의 총탄을 맞고 절명했다.

해방 정국에서 대구를 이끌었던 젊은이는 박상희와 윤장혁이었다. 박상희는 여운형의 영향을 받아 건국준비위원회 선산 지부 사무국장

이었고, 윤장혁은 민주주의민족전선 계열이었다. 두 사람은 동향이
며 동갑으로 경쟁하며 협조했다. 또한 조선인민공화국 중앙인민위원
회 후보위원과 조선공산당 대구시당을 조직한 황태성과 깊은 관계를
유지했다.

황태성은 대구 10.1 사건 배후자로 지목되어 군경의 추적을 받자
월북했다. 박상희의 영향권에 있던 박정이는 남로당 군사 총책 이재
복의 권유로 남로당에 입당했다.

원주 군단사령부에서 예하 사단장들의 보직 신고를 받고 격려하는 1군단장 백선엽 대장(左)과
예하 사단장들. 좌에서 세 번째가 5사단장 박정희 준장 ⓒ 국가기록원

사형을 구형받고 서대문형무소 지하 독방에서 김창령의 고문에 시
달리던 박정이에게 육본 정보국장 백선엽이 보낸 사람이 찾아와 연
루자를 불면 목숨은 구해 주겠다고 약속했다. 하지만 이것은 백선엽
의 창의적인 제안이 아니었다.

동학란 진압을 명분으로 한반도에 군대를 진주시킨 일본과 청나라는 철군하라는 고종 황제의 요청을 묵살한 채 계속 주둔하고 있었다. 먹이를 놓고 으르렁거리는 살쾡이 같았다. 조선의 관료들 중 썩은 동아줄 같은 청나라를 붙잡고 호시탐탐 기회를 엿보는 사람들도 있었고, 깨어 있다는 젊은 관료들 중 떠오르는 일본을 향하여 두 팔을 벌리는 사람들도 있었다.

일본의 간섭과 청나라의 겁박에 시달리던 고종은 독일 출신 외교 고문 묄렌도르프를 나가사키에 밀파해 러시아와 협상하라는 밀명을 내렸다. 주일공사 다비도프와 만난 묄렌도르프는 파병 대가로 포항과 호미곶을 연결하는 영일만(운콥스키만)을 내주는 조건을 제시했다.

세계에서 가장 큰 영토를 보유했지만 부동항에 목말라 있던 러시아는 '땡큐'였다. 하지만 당대의 캡틴 영국을 간과한 것이 패착이었다. 러시아의 행태를 예의 주시하던 영국이 거문도를 점령함으로써 열강과 전쟁하는 것을 두려워한 러시아가 운콥스키만(영일만)을 포기함으로써 알래스카 매매와 같은 세기의 거래는 이루어지지 않고 아관파천(俄館播遷)이라는 해프닝으로 끝났다.

일본이 원폭 두 방에 무조건 항복했다. 태평양 전쟁의 승자 미국에게 일본은 전리품이다. 점령군으로 열도에 상륙한 미국은 일본을 불침항모(不侵航母)화하는 것이 미국의 이익에 부합한다고 판단했다.

미국은 일본 열도에 5군단, 9군단, 10군단, 11군단을 상륙시키고 한반도에 24군단을 상륙시켰다. 대규모 병력이다. 한데, 두만강을 넘어온 소련군의 남하 속도가 너무 빠르다. 삼팔선에서 일단 틀어막은 미국은 중국 대륙에 해병을 상륙시키기 위하여 대련항에 미 해군 함정을 급파했다. 하지만 선점하고 있던 소련군에게 입항을 거부당했다.

당황한 미국은 제3해병 원정군단에게 북경 진공을 명령했다. 군단 예하에는 과달카날 전투와 오키나와 전투에서 그 존재감을 드러낸 정예 중의 정예 해병 1사단이 있었다. 그들에게 내려진 작전명은 Beleaguer Blacklist, 포위하고 압박하라는 것이다.

천진 코스와 칭다오 루트를 따라 베이징으로 진격하던 제3해병 군단은 모택동 팔로군과 맞닥뜨렸다. 공산당 군대와 미국 정규군과의 첫 조우다. 장진호 전투보다 5년이나 빠른 정규군과의 교전이다. 믿었던 장개석 국민당 군대에 실망한 미군은 1949년 6월 완전 철수했다. 퇴각이다.

하우스만, 그는 누구인가?

이승만과 박정희 ⓒ 국가기록원

유럽 대륙에 '철의 장막'을 치고 극동에서 부동항을 찾아 남진하는 스탈린을 견제하려는 트루만은 반공의 최일선에서 미국의 국익을 위해 싸워 줄 첨병이 필요했다.

중국에서 사회주의에 물든 민족주의자들보다 미국에서 자유주의를 맛본 이승만으로 낙점한 트루만은 하우스만을 주한 CIA 책임자 겸 CIC 책임자로 파견하여 한국의 정보를 통제하고 한국군 창설을 설계하도록 했다. 트루만, 이승만, 하우스만, 격동의 한반도를 요리했던 자들이다. 이른바 3만이다.

죽음의 계곡에서 살길을 찾았다고 생각한 박정이는 동료들의 리스트를 넘겨주고 사형에서 무기징역으로 감형을 받았다. 박정이로부터 명단을 넘겨받은 방첩대장 김창령은 대대적인 숙군 작업에 들어갔다. 1948년 10월부터 1949년 7월까지 진행된 숙군 작업에는 전 군(軍)의 약 5%에 해당하는 4,749명이 연루되었으며 2,000여 명이 총살을 당했다. 박정이는 동지들을 죽음으로 몰아넣고 자신은 살아남은 것이다.

박정이로부터 군내 남로당 명단을 넘겨받은 김창령은 각하에게 잘 보일 수 있는 절호의 찬스라 생각하고 마구잡이 검거에 나섰다. 그의 특기는 '패기'다. 군인으로서 조국에 봉사하는 패기(霸氣)가 아니라 잡아들여 원하는 답이 나올 때까지 몽둥이로 두들겨 패기다. 여기에 물고문과 통닭구이는 덤이다. 일본군 헌병 시절 독립군을 잡아들여 고문했던 실력을 유감없이 발휘했다.

박정이가 넘겨준 명단에는 박정이의 일본 육사 1년 선배 김종석 중령도 포함되어 있었다. 서울에서 태어나 경성고보를 졸업한 당대의 엘리트 김종석 중령은 1949년 5월 서울 근교 군부대에 마련한 사형장에서 총살되었다.

최남근 중령은 혹독한 고문에 무너져 총살될 때 대한민국 만세를 부르며 죽어 갔고, 〈애국가〉를 부르거나 "이승만 대통령 만세!"를 외치며 죽어 간 군인도 다수 있었다. 그들이 처형되던 서울 교외 총살 현장에는 항상 하우스만이 있었다.

김창령의 손길이 압박해 오는 여수 주둔 14연대도 긴장감에 휩싸였다. 14연대는 3개의 조직이 별도로 운용되며 암약하고 있었다. 남로당 중앙당에서 관할하는 장교 조직 '콤 서클'과 남로당 전남도당에서 관리하는 사병 조직 '병사 소비에트' 그리고 남로당을 견제하기 위해 북로당이 조직한 '인민혁명군'이다. 이들은 조직을 은폐한 채 서로를 알아보지 못했다. 북한 평양학원 대남반 출신 김지회가 '병사 소비에트'에 침투할 때 그를 우익 장교로 알았을 정도로 보안이 철저했다.

서울 교외에 설치된 처형장에는 하우스만이 있었다. ⓒ Nara

1948년 5월 초, 14연대가 창설되고 신병을 대대적으로 모집했다. 주로 구례, 곡성, 광양, 여수, 순천, 고흥, 보성 등에서 선발했다. 이때 응모자가 부족한 탓에 좌익 여부를 가리지 않고 받아 주었다.

미국은 대통령도 성경에 손을 얹고 취임 선서를 한다. 이렇듯 선서를 중요시하는 미 군사고문단은 선서만 받고 입대시키라 자문했다. 여기에 광주 부잣집 아들 지창수도 끼었다. 좌경화된 그는 경찰에 몇 번 잡혀갔지만 어머니가 뇌물을 주고 빼냈다. 좌우 혼란기 기선을 제압한 조병욱 휘하의 경찰 손길이 뻗쳐 오자 군대로 튀어 버린 것이다.

김창령의 그물망이 좁혀 오자 14연대는 위기감에 휩싸였다. 장교와 선임하사가 잡혀가면 졸병들도 잡혀간다. 매에 장사 없고 고문에 당할 자 없다. 이때 제주에서 사건이 터진 것이다. 동족에게 총부리를 겨누

란다. 명분이 좋다. 지창수가 성냥을 긋고 김지회가 기름을 부었다. 토
벌대에 쫓긴 그들은 지리산으로 들어갔다. 여기까지가 팩트다. 하지만
'손가락 재판'에 수많은 양민이 학살되었다. 이 또한 역사적 사실이다.

학살 현장에는 항상 미군 요원이 있었다. ⓒ Nara

하느님 말씀보다
더 가슴에 와닿는 말

가을바람이 댓잎에 사각거리고 짝 잃은 귀뚜라미 애달프게 울어
에는 밤, 교교한 달빛이 스며드는 야심한 밤이다. 갈대와 수수깡을
엮어 흙을 바른 초가삼간에 외풍이 심하다.

"여수에 있는 군인들이 총을 들어 부렀다 합디다."

등잔불을 끄고 잠자리에 든 부인이 나직이 속삭였다.

"그 소리를 어디서 들었소?"
"빨래터에서 들었어요."
"왜 들었다 허든가?"
"제주 가서 우리 사람들에게 총질하라고 해서 총부리를 돌려 부렀
다 합디다."
"그건 잘한 일이지."
"아이고게, 말조심흡서게."

눈을 허옇게 뜬 부인이 남편의 입을 틀어막았다.

"내가 틀린 말을 했는가? 어디 총질할 데가 없어서 자기 동족한테
총질혀?"
"낮말은 새가 듣고 밤말은 쥐가 듣는단 소리도 못 들어 봤소?"

이때였다. 사립문을 밀고 들어오는 발소리가 들렸다.

"동식이 있는가?"

낯익은 목소리다. 이불을 걷어찬 동식이가 지게문을 박차고 나갔다.

"이장님이 어연 일이꽝?"

야심한 밤에 불청객을 맞이한 동식이가 불쾌감을 드러내지도 못하고 두 손을 비볐다.

"지서 주임이 자네를 좀 보자고 해서 왔네."

옆자리에는 검은색 순사 제복을 입은 사나이가 서 있었다.

"누추하지만 훗썰 들어옵서."

들어갈 곳이 어디 있겠는가. 단칸방에는 애들이 자고 있고 마누라가 홑것을 걸치고 있다.

"아닙니다, 지서에 가서 몇 가지 물어볼 말이 있습니다."

주임이 용건을 얘기하며 나섰다.

"그러십니꽝. 그러면 지가 옷을 입고 나올 테니 조금만 기다리십셔."

방으로 들어간 동식이가 주섬주섬 옷을 걸쳤다.

"이 밤중에 무신 일이꽝?"

부인이 근심 어린 눈동자를 굴렸다.

"뭔 일 있을라고, 나 얼른 댕겨올 테니까 그리 알어."
"알았수다."

동식이가 문밖으로 나왔다. 뒤따라 나온 부인이 지서 주임과 함께 사립문 밖으로 나가는 동식을 걱정스러운 눈초리로 바라보았다.

"날씨가 차니까 애기덜 이불 잘 덮어 주어."
"예."

동식이가 지서 주임과 함께 어둠 속으로 사라졌다.

얼마 전, 관덕정 앞을 지날 때였다. 웅성거리는 군중이 있었다. 호기심 많은 동식은 발걸음을 멈췄다. 여운형의 인민위원회가 주최하는 해방 기념식이었다. 그 집회가 좌익 모임인지 우익 대회인지 그에게는 중요하지 않았다. "토지 개혁 잘 하는 놈이 이 나라 지도자다."라고 연설하는 연사 앞에서 열광적으로 박수를 쳤다는 이유로 3일간 경찰서에서 자고 나왔다.

　그에겐 구류나 전과는 아무런 의미가 없었다. 배고픈 것이 제일 고역이었다. 영장도 없이 유치장에 구금한 경찰은 밥을 주지 않았다. 다른 유치인들은 집에서 밥을 해 오거나 사식(私食)을 넣어 주었는데 오름에서 감자밭 붙여 먹고 사는 동식이는 밥을 가져다주는 사람도 없고 사 먹을 돈도 없었다. 사흘간 쫄딱 굶었다.

　1945년 8월 15일, 해방의 기쁨도 잠시, 북에는 해방군이라는 이름으로 소련군이 진주했고 남에는 미군이 점령군 자격으로 인천항에 상륙했다. 한반도의 주인 백의민족은 어안이 벙벙했다. 삭풍 몰아치는 만주 벌판에서 발싸개로 언 발을 감싸며 독립운동을 했고, 서대문형무소에서 일제의 악랄한 고문을 견디며 해방 독립을 기대했는데 억장이 무너졌다.

국회의사당이 있는 태평로에 뿌려지는 호외 ⓒ 국가기록원

12월 27일, 경성의 랜드마크 부민관과 해방 정국의 여론을 이끄는 쌍두마차 《조선일보》와 《동하일보》 사옥이 있는 태평로 일대에 모스크바 3상 회의를 전하는 《동하일보》 신문이 뿌려졌다. 호외(號外)성 석간신문이었다.

"소련, 신탁통치 주장"
"미국, 즉시독립 주장"

큰 활자로 헤드라인을 달고 나온 신문은 한민족을 소용돌이 속으로 몰아넣었다. 하지만 진실을 왜곡한 세기의 오보(誤報)였다. 해당 기사는 워싱턴발 AP 통신으로 출처를 밝혔으나 사실은 미국의 대표적인 보수 신문 《성조기 신문》에 실렸던 기사를 UP 통신이 타전했으며 국내 통신사에서 2차 인용하는 과정에서 '워싱턴발'이라고 딱지를 붙이고 《동하일보》에서 마사지한 기사였다.

신탁통치라는 신식민지 정책을 개발한 나라는 미국이었다. 얄타 회담 이후, 미국의 한반도 정책은 신탁통치였다. 모스크바 3상 회의에서 첨예하게 맞선 안건도 미국 찬탁, 소련 반탁이었다. 그런데 《동하일보》가 정반대의 오보를 터뜨린 것이다. '남침'과 '북침'만큼이나 주어가 빠진 '찬탁'과 '반탁'이라는 낱말은 예리한 비수가 되어 한민족의 가슴에 꽂혔다.

《동아일보》 호외 ⓒ 위키피디아

나치 독일의 폴란드 침공으로 발발한 제2차 세계 대전이 연합국의 승리로 기울어 가는 1943년 11월 22일, 이집트 카이로에서 미국, 영국, 중화민국 3개 연합국 수뇌들이 모여 전후 세계 질서를 논의했다.

이들 정상은 "적절한 시기에 조선이 자유와 독립 상태가 될 것을 결의한다."라고 발표했다. 중국이 참가한 이유는 마오쩌둥이 아직 두각을 나타내기 전이었고, 중일 전쟁에서 중국인 희생자가 550만 명의 독일인보다 많은 2100만 명이었기 때문이다.

2차 세계 대전이 막바지에 이른 1945년 2월 4일, 흑해 연안 크림 반도에 있는 휴양도시 얄타에 연합국 소속 지도자가 모였다. 전후 세계 질서를 모색하기 위해서다. 미국의 루스벨트, 영국의 처칠, 소련의 스탈린이 그들이다. 이 회담엔 중국 대륙에서 모택동에 밀린 장개

석은 참석하지 못했다. 회담의 주 의제는 전범국 독일의 전후 처리 문제였다. 독일 분할이 안건으로 올라왔고 한반도 문제는 곁가지였다. 이 회담의 결과로 독일이 동독, 서독으로 분할되었다.

회담에서 미국은 일본과 상호 불가침 조약을 맺고 있는 소련을 대일전에 참전시켜 태평양 전쟁을 종식시키고 싶은 조급함에 소련군의 한반도 진입을 종용하였다. 이것이 한반도가 3·8선을 경계로 분할되는 단초가 된 것이다. 국제 관계에서 '공짜는 없다'는 진리가 증명된 사건이다.

얄타 회담에서 한 처칠의 말이 지금까지도 회자되고 있다.

"이 회담은 비밀로 해 둡시다. 전 세계의 많은 사람이 오늘 이 자리에서 우리 맘대로 자기들의 운명을 재단했다는 것을 알게 되면 매우 불쾌해할 테니 말이오."

이승만과 맥아더 ⓒ 국가기록원

《동하일보》가 오보를 보도하면서 본격적으로 좌우 대립이 시작됐
다. 오보를 분수령으로 보수 진영이 득세를 하고 진보 진영은 위축되
었다. 《동하일보》 오보 사건을 계기로 이승만 세력은 힘을 얻으면서
이승만이 정권을 잡게 되는 계기가 되기도 했다.

여의도 비행장 ⓒ NARA

1945년 10월, 압제에 허덕이던 조국이 해방 2개월을 맞았다. 미국
에서 동경에 도착한 이승만은 사흘 밤을 도쿄에 머물며 하지 군정장
관과 맥아더 장군을 만났다. 맥아더의 융숭한 대접을 받은 이승만은
귀국길에 올랐다. 맥아더가 내어 준 군용기 편으로 김포공항에 도착
한 이승만은 조선호텔에 여장을 풀었다. 반면 임시정부 주석 김구는
개인 자격으로 여의도에 내렸다.

이승만을 돈암장으로 모신 사람이 한민당의 장덕수다. 한민당 총
무였던 장덕수는 그의 제자였던 장진영을 설득하여 장진영의 별장을
이 박사의 거처로 제공하도록 했다. 돈암장에 2년간 머문 이승만은
1947년 8월 18일, 마포장으로 옮겨 잠시 거처한 후, 두 달 뒤 이화
장에 들어갔다.

위안부(女子挺身隊, じょしていしんたい)가 감금 상태에 있는 위안소 밖에서 기다리는 졸병들에게 위안부 사용 설명하는 장교. ⓒ Wikipedia '1. 콘돔 착용은 필수다 2. 기다리는 사람을 위해 5분 내에 나와라. 3. 물건이 상하면 다음 사람이 쓸 수 없으니 폭력을 삼가라.' 등이 있었다고 위안소를 이용한 퇴역 일본군이 증언했다.

머슴살이를 했던 동식은 토지를 가진 사람이 임금님보다 더 높아 보였다. 땅에 한이 맺힌 그에게 '무상몰수 무상분배'라는 말은 하느님이나 부처님 말씀보다 더 가슴에 와닿았다.

동식의 눈에 비친 경찰은 "왜 동네 처자를 '데이신따이'로 끌고 가느냐?"라고 악쓰자 뺨을 때린 일본 순사하고 하나도 다르지 않았다. 옷차림도 그렇고, 머리에 얹은 둥그런 모자도 닮았고, 종아리에 두른 각반도 일본 순사와 똑같았다. 위압적인 말투까지 그랬다.

동식이 구사할 줄 아는 일본 말은 '데이신따이(정신대, 挺身隊)'밖에 없었다. 창씨개명을 할 일도 없었고 일본 말을 배울 일도 없었다.

완장 찬 인솔자에 의해 깃발을 들고 항공기 군수공장 작업장으로 향하는
근로정신대(挺身隊, ていしんたい) ⓒ Wikipedia

"우리나라 처자를 끌어다 총알 만드는 공장에 보내 근로정신대로 쓴다."

야학 선생님의 말을 들었을 때는 가슴에 뜨거운 것이 치밀어 올랐다.

"얼굴이 반반한 아이들은 군부대로 보내 위안부로 쓴다."

공민학교 선생님의 말을 들었을 때는 피가 거꾸로 솟구치는 것 같았다.

야학 선생님으로부터 일본이 우리나라 동쪽에 있다는 것을 알고부터는 오줌을 눌 때 그쪽을 향하여 갈겼다. 섬나라 일본이 물에 가라앉아 폭망하기를 기원하면서 배설하면 그렇게 시원할 수가 없었다.

동식이 지서 주임과 함께 사립문 밖으로 사라진 지 9일째 되던 날,
아랫마을 사는 친척이 찾아왔다.

"어멈, 있는가?"

사립문을 박차고 나간 그 앞에 어두운 얼굴의 친척이 있었다. 동식
의 당숙이다. 동네 사람을 업신여기고 행패를 부리던 일본 순사에게
낫을 휘둘러 숨지게 한 동식의 아버지는 북간도로 간다는 말을 남기
고 사라졌다. 그 아버지의 4촌 동생이다.

"아범 시신을 찾아가라는구만."
"뭣이라구요?"

마른하늘에 날벼락이다. 멀쩡하게 걸어간 사람이 시체가 되었다니
믿어지지 않았다. 눈앞이 하얘지고 현기증이 밀려왔다. 쓰러질 것만
같다. 문기둥을 붙잡고 가까스로 중심을 잡은 부인이 되물었다.

"왜 죽었답니까?"
"나도 모르것구만."

주섬주섬 옷을 챙겨 입은 부인이 3개월 된 아기를 들쳐 업고 친척
을 따라나섰다. 그들이 도착한 곳은 구랑실재였다. 현장은 피비린내
가 물씬 풍기고 송장 썩는 냄새가 진동했다. 시신을 가마니에 둘둘
말아 지게에 지고 내려오는 사람이 있는가 하면, 가마니도 없어 이불

보에 둘둘 말아 바지게에 지고 내려오는 사람도 있었다.

상황을 파악한 부인이 엎어져 있고 뒤집혀 있는 시체 더미 속에서 남편을 찾기 시작했다. 복부가 부풀어 올라 터지기 직전의 사람, 아예 터져 버려 내장을 쏟아 낸 사람, 눈알이 튀어나온 사람 등등. 형상을 알아볼 수 없는 시신 중에서 남편을 찾기란 쉽지 않았다. 광목을 떠다 만들어 입힌 속옷 생각이 머리를 스치고 지나갔다.

남정네들 괴춤을 열어 보던 부인이 자신이 만들어 입힌 속옷을 발견했다. 검은 고무줄을 넣어 만든 속바지였다. 하지만 얼굴이 퉁퉁 부어올라 확신할 수 없었다. 바로 누워 있는 시신을 모로 뉘어 팔뚝을 살폈다.

철삿줄로 꽁꽁 묶인 손 때문에 잘 세워지지 않았다. 힘들게 세워 살펴보니 문신이 있었다. 친구들과 ‘우정 변치 말자’며 새겼다는 일심(一心)이라는 글씨였다.

일심이라는 용어는 불교에서 출발했다. 우주 만물의 일체를 마음이라는 용광로에 넣으면 하나라는 뜻이다. 지아비를 확인한 부인이 그 자리에 주저앉았다.

“이것이 뭔 일이다요? 영순 아방!”

오열하던 부인이 혼절하고 말았다. 정신 줄을 놓고 만 것이다.

얼마의 시간이 흘렀을까? 정신을 차린 부인이 뛰기 시작했다. 동공이 풀려 있고 머리는 바람에 날렸다. 신발을 신었는지 안 신었는지 모른다. 흡사 산발한 미친 여자 같다. 그녀가 도착한 곳은 경찰서였다.

정문 양쪽 둥그렇게 모래주머니를 쌓아 놓은 곳에 기관총을 걸어 놓은 경찰이 철모를 쓰고 방아쇠를 잡고 있다.

"서장을 만나야겠는데 어디로 가야 합수까?"
"무엇 때문에 그러는데요?"
"우리 애기 아방이 죽었단 말이요."
"이름이 뭔데요?"
"박동식이요."
"기다려 보세요."

어디론가 전화를 돌리던 위경이 다가왔다.

기관총을 걸어 놓고 주요 기관을 경비하는 경찰 ⓒ 국가기록원

"지금은 바쁘니까 다음에 오시랍니다."

"뭣이라고요? 사람을 죽여 놓고 다음에 오라고요? 이런 개새끼들이 어디 있수까?"

육두문자가 튀어나왔다. 부인은 그 자리에 주저앉아 오열하며 포악질을 부리기 시작했다.

"우리 애기 아방을 살려 내라!"

"살려 내라!! 살려 내란 말이다! 살려 내!"

"살려 내라! 쳐 죽일 놈들아!"

목소리가 쉬고 갈라져도 계속 퍼부었다.

서장이 경무과장을 불렀다.

"저 여자 때문에 사무를 볼 수가 없어요. 어떻게 좀 입을 틀어막을 수 없나요?"

"그렇다고 입에 재갈을 물릴 수야 없지 않습니까?"

"집어넣어 버려요."

유치장에서 사흘을 살고 나온 부인이 또다시 정문 입구에 앉아 포악을 퍼부었다.

"우리 애기 아방을 살려 내지 못하면 너희들이 벼락 맞아 죽을 것이다."

"씨부럴 넘들, 벼락도 싸다. 지옥 불에 빠져 뒈질 것이다!"

"너희 자식들도 급살 맞아 뒈져라!"

서장이 사찰 주임을 불렀다.

"저거도 빨갱이 족속인가 봐요."

"그런 거 같습니다."

"주임 책임하에 처치해 버려요."

이들에게 조사하고 수사하고 영장 치는 것은 사치스러웠다. 법보다 주먹이 가까웠고 주먹보다 총이 신속 정확했다. 영장을 발부받아 구속 기소를 하는 것은 《육법전서》에나 있는 얘기다.

김종원과 이승만 ⓒ 국가기록원

서장은 김종원 추종자였다. 경북 경산 출신 김종원은 일본 관동군에 자원입대하여 스스로 백두산 호랑이라 자칭하며 허세를 부렸지만 전투에는 등신, 학살에는 귀신이라는 별명을 얻었다.

그는 5연대 1대대 대대장으로 토벌 부대를 지휘할 때 여수 돌산도, 안도, 개도, 연도, 금오도를 시찰하면서 경찰이 구금하고 있던 양민을 닛뽄도(日本刀)로 치는 인간 백정이었으며 땅에 떨어진 머리를 가마니에 담아 상관에게 바치는 엽기적인 인물이었다.

"모시고 들어오라는 말씀입니다."

포악질을 퍼붓는 그녀에게 위경이 다가왔다. 행여 좋은 일이나 있을까 생각한 그녀는 위경을 따라 청사 안으로 들어갔다. 앞서가던 위경이 지하 계단을 타고 내려갔다. 부인도 따라 내려갔다.

붓글씨로 '취조실'이라는 나무 명판이 붙어 있는 문을 열고 들어간 위경이 거수경례를 붙였다.

"정문에서 농성하던 여자를 데려왔습니다."
"두고 가."

물건 취급이다. 퀴퀴한 냄새가 풍기는 사무실 천장엔 백열등이 매달려 있고 나무로 만든 책상 하나가 덩그렇게 놓여 있었다.

"거기 앉아요."

일본 경찰이 두고 간 말 장화를 신은 발을 책상에 올려놓고 비스듬히 앉아 있던 주임이 턱으로 의자를 가리켰다. 걸상에 앉은 부인이 좌우를 휘둘러보았다. 구석진 자리에 야전 침대 봉이 몇 개 있고 핏자국이 선명한 벽엔 포승줄이 걸려 있었다.

"지금부터 내가 하는 말엔 질문이 필요 없다, 알겠는가?"
"네."

겁먹은 부인의 목소리가 모깃소리처럼 잦아들었다.

"지장 찍어요."

그가 내민 것은 진술 조서였다. 무엇을 진술했고 어떻게 꾸며 놓은 조서인지 알 길이 없다. 진술한 바도 없었고 문답도 없었다.

"계집애들은 공부해야 소용없다."

학교에도 안 보내 준 아버지가 원망스러웠다. 친구들은 교회 다니면서 언문이라도 깨우쳤는데 교회도 다니다 때려치웠다. 낫 놓고 기역 자도 모르는 자신이 한스러웠다.

"태초에 하나님이 천지를 창조하고, 짐승도 만들고, 사람도 만들고, 세상의 모든 만물을 엿새 만에 만들었다."라는 성경 말씀이 도무지 믿어지지 않았지만 '신앙은 믿음'이라는 권사님 설득에 믿기로 했는데 전지전능(全知全能)하시다는 하나님이 사람을 파리 목숨처럼 죽이는 악당들을 잡아가지 않는 것이 이해가 되지 않아 교회에도 몇 번 나가다 흥미를 잃었다.

"지장이 뭣입니꽈?"
"질문은 필요 없다고 했지?"

주임이 무서운 눈초리로 노려봤다.

"오른손 내놔 봐."

외간 남자에게 손을 잡힌 부인은 어찌할 바를 몰라 부들부들 떨었다.

"엄지손가락에 인주를 묻혀서 여기 고순자라고 써진 그 자리에 찍어."

인주 구경을 처음 한 부인이 지장을 찍었다. 고순자라는 자기 이름도 난생처음 보았다.

"일어서."

주춤거리던 부인이 자리에서 일어났다.

"치마끈을 푼다, 실시!"

여자의 치마끈은 여자가 스스로 풀고 스스로 여미는 것으로 알고 살았다. 지아비에게서도 들어 보지 못한 강압이다. 등줄기에선 식은 땀이 흐르고 다리가 후들거렸다.

"두 손을 머리에 얹고 깍지를 낀다."

거역했다간 무슨 날벼락이 떨어질지 모른다. 행여 잘못되어 죽은 남편이 두 번 죽는 일이 벌어지지 않을까 불안했다.

부인의 손이 머리 위로 올라가자 치마가 흘러내리고 말기 뒤에 숨어 있던 젖무덤이 드러났다. 브라는 언감생심 구경도 못 해 본 사치품이다. 일본을 드나들던 모던걸이나 미군 부대에 출입하던 양색시들이나 착용하는 귀중품이다.

한 손으로는 흘러내리는 치마를 붙잡고 또 한 손으로는 치켜 올라가는 저고리 섶을 붙잡아 내리고 있을 때였다.

"동작 봐라, 누가 니 맘대로 손을 내리라고 했어?"

손에 들고 있던 지휘봉으로 부인의 손등을 쳤다. 아팠다. 얇은 피부 속의 뼈를 때려 정말 아팠다. 반사적으로 치마를 잡고 있던 왼손과 저고리 섶을 끌어 내리던 오른손이 동시에 머리 위로 올라갔다.

"이 젖꼭지는 몇 놈이나 빨았냐?"

지휘봉으로 부인의 젖가슴을 쿡쿡 찔렀다. 피의자로 하여금 수치심을 유발케 하여 무장해제시키려는 전술이다. 일제 경찰로부터 전수받은 여성 피의자를 다루는 기법이다.

"너는 니 어미도 없고 니 마누라도 없느냐?"

핏발 선 부인의 눈에서 분노가 뿜어져 나왔다. 활활 타오르는 불기둥 같았다. 고양이가 쥐를 잡아 놓고 장난치는 것처럼 부인을 데리고 희롱 삼매경에 빠져 볼까 했는데 의외로 저항이 거세다.

"새 나라가 세워졌다고 해서 세상이 바뀌는 줄 알고 좋아했더니 일본 놈 세상하고 달라진 게 하나도 없구나. 그래, 남의 집 여자를 이렇게 희롱하라고 나라님이 가르치던? 서장이 그러라고 하더냐?"
"이년이…."
"이년 저년 하지 마라, 쓰벌노마."
"이년이 죽으려고 환장을 했나?"
"그래, 죽으려고 환장했다. 어떤 놈이 가르치더냐? 왜 말을 못 하느냐?"
"여기가 어디라고 주둥이를 함부로 놀리느냐?"
"내 입이 주둥이라면 너의 입은 여물통이다. 그것도 식구통이라고 나라의 국록 축내지 말고 옷이나 벗어라."
"이년이 정말 죽으려고 환장을 했나?"
"그래, 환장했다. 죽일 테면 죽여 봐라. 어서 죽여라."
"여기서 죽어 나간 놈이 한두 놈이 아니다."

자리에서 벌떡 일어난 주임의 오른손이 옆구리에 차고 있던 권총을 만지작거렸다. 소음기를 장착한 콜트 폴리스 포지티다.

"치욕을 당하느니 빨리 죽는 게 낫다. 어서 죽여라."
"먼저 간 서방놈을 만나게 해 줄 테니 고맙게 생각해라."

이튿날, 경찰서 앞 천변에 여인의 시신이 버려졌다. 머리에 관통상을 입은 여자였다. 이 여인이 죽임을 당해야 할 죄를 지었는지는 하늘도 모르고 땅도 모른다.

밤안개가 걷히는 천변, 여인이 죽은 것을 알 길이 없는 아기가 어미의 가슴을 헤집고 젖을 빨고 있었다.

죽은 엄마 곁에서 울부짖는 아기 ⓒ 국가기록원

관덕정은 제주 4.3 사건의 도화선이 된 곳이다. 1947년 3월 1일, 관덕정 앞에서 해방 2주년 기념식이 열렸다. 감격의 그날을 자축하기 위해 학생과 시민들이 구름처럼 모였다. 사람이 많이 모이는 곳에는 질서 유지를 위해 경찰이 배치됐고 기마경찰이 출동했다.

  인파에 밀려 통제선이 무너졌다가도 덩치 큰 말이 콧바람을 일으키며 뚜벅뚜벅 걸어오면 뒤로 물러섰다. 두려움을 느껴 뒤로 물러서는 사람들에 쾌감을 느낀 마상의 경관이 더욱 시민 가까이 바짝 붙어 위협적으로 몰아붙였다. 이때 엄마 손을 잡고 구경 나왔던 5세 어린 아이가 말에 놀라 넘어지며 밟히고 피를 흘렸다. 힐끗 쳐다본 경관이 아무런 조치도 취하지 않고 말발굽 소리를 남기며 표표히 사라졌다.

  분노한 시민들이 경찰서로 몰려갔고 거칠게 항의하던 시민을 폭도로 오인한 경찰이 발포했다. 쫓기는 시민들은 산으로 올라갔다. 이날 시민 6명이 사망하고 8명이 부상당했다. 시민을 대하는 경찰은 대부분 일제 경찰 출신들로 그들은 백성 위에 군림하는 벼슬 의식이 있었고 해방된 조국의 시민은 보호의 대상이 아니라 여전히 통제와 감시의 대상으로 인식했다.

관덕정 앞에 출동한 동류의 제주 기마경찰. 1948. 5. 21. 삼성혈 부근에서 미 공군 정훈 팀이 촬영했다. ⓒ 국사편찬위원회

계엄령이 떨어졌다

1948년 10월 17일, 계엄령이 떨어졌다. 주민들은 계엄령이 무엇인지 모른다. 국민을 계몽시키겠다는데 무엇을 계몽하겠다는 것인지 알 수 없다. 뒤이어 9연대장 송요찬 소령이 포고문을 발표했다.

"해안선으로부터 5km 이상 들어간 중산간 지대를 통행하는 자는 이유 여하를 불문하고 폭도로 간주해 총살하겠다."

소개령이다. 이동의 자유를 제한하고 어기는 자는 죽이겠단다. 무섭다. 소개령을 접한 마을 사람들이 하나둘씩 이장 집으로 몰려들었다. 연통을 돌리거나 방(榜)을 붙인 것도 아니다. 시국이 궁금하여 귀동냥하러 몰려든 것이다. 때아닌 반상회가 이장 김이섭의 집에서 열렸다.

반상회는 조선시대의 오가작통법(五家作統法)에서 유래된 제도다. 문자를 그대로 해석하면 다섯 집을 묶어 하나의 통으로 하고 5개의 통을 묶어서 리(里)를 구성하였으며 3~4개의 리를 묶어서 면(面)을 구성하였다.

살생부(殺生簿)를 작성하여 계유정난을 성공시킨 한명회는 세조를 조카의 왕위를 찬탈한 놈이라고 비난하는 반체제 인사를 어떻게 대처할 것인가 고민했다. 그에게 번개 같은 묘안이 떠올랐다.

식량이 떨어져 굶고 있는 집을 찾아내 나라에서 구제해야 한다는 명분으로 오가작통을 제안하여 구황(救荒) 대책이라는 정책을 관철시

켰다. 사실은 쿠데타에 반대하는 반체제 인사를 색출하고 처벌하는
데 목적이 있었다.

모두가 무거운 얼굴이다.

"계엄령이 뭣입니꽈?"
"나도 자세히는 모르지만 나라에서 하는 일이니 따라야겠지요."
"언론, 집회, 결사의 자유를 제한한다는데 그것이 뭣입니꽈?"
"우리 같은 무지랭이가 뭔 말인지 알 수가 있겠어요."
"도대체 남의 나라 이야기 같아 도무지 이해를 할 수 없구먼요."
"그거야 서울에 있는 먹물들 정치 놀음이고 우리같이 감자밭 붙여
먹고 사는 사람들에겐 해당 없겠지요."

걱정스러운 얼굴에 모두가 근심 어린 목소리가 튀어나왔다. 이장
이 좌우를 휘둘러보며 무거운 입을 열었다.

"생사가 걸린 문제라 내가 '이렇게 하자', '저렇게 하자' 할 수가 없
구만요. 내려갈 사람은 내려가고 산으로 올라갈 사람은 나와 같이 내
일 새벽 산으로 들어갑시다."

이장의 얼굴에 고뇌의 그림자가 드리워졌다. 어느 길이 현명한 판
단인지 이장 자신도 모른다. 선택지는 두 개뿐이다. 내려가느냐? 올
라가느냐? 생과 사의 갈림길이다. 선택에 따라 죽고 사는 길이 갈릴
수 있다.

이튿날 새벽, 자욱한 안개에 잠긴 어음리 마을에 어둠을 뚫고 이장 집으로 마을 사람들이 하나, 둘 모여들었다. 이불 보퉁이를 둘러맨 사람, 아기를 업고 식량 보따리를 머리에 인 여인, 그냥 홀몸으로 나선 사람 등등 30여 명이었다. 그중에는 남자도 있었으나 대부분 노약자와 부녀자 그리고 아이들이었다.

집을 나선 이장이 앞서고 한 무리의 사람들이 뒤따랐다. 풍족하지는 않았지만 대대로 아이 낳고 오순도순 살았던 집이다. 다시 돌아올지 죽어서 혼백이 찾아올지 모른다. 뒤돌아보던 이장의 얼굴에 이슬이 맺혔다.

얼마를 걸었을까? 어둠에 싸여 있던 안개가 걷히고 오름에 태양이 떠오르고 있었다.

"여기서 잠시 다리쉼을 합시다."

이장이 걸음을 멈추고 자리를 잡았다. 마을 사람들도 삼삼오오 모여 앉았다.

"동식이 삼춘은 내려가자마자 총살당했대요."
"누가 죽였을까?"
"경찰이 죽였대요."
"아냐, 제주청년단이 죽였대."
"서울에서 내려온 서북청년단이 죽였다던데요."

서울에서 내려온 서북청년단은 지역 정보에 어두웠다. 공명심에 불타는 그들은 경찰에 의지하며 때론 협조하고 때론 경쟁했다. 정보에 취약한 서청은 지역 청년 포섭에 적극적으로 나섰다. 하지만 제주에는 이미 촉성연맹과 대동청년단이 존재하고 있었다. 바야흐로 제주에는 청년단 전성시대가 열렸다. 청년 군웅할거 시대다.

제주농업학교에 수감된 제주 사람들 ⓒ 제주4.3희생자유족회

해가 뉘엿뉘엿 서산에 걸렸다. 추분(秋分)이 지난 10월의 해는 짧다. 앞서가던 강구남이 발걸음을 멈추고 이장을 뒤돌아봤다.

"이슬이라도 피할 곳을 찾아야 하지 않겠습니꽈?"
"토벌대가 뒤쫓아 올지 모르니 가는 데까지 더 많이 가 봅시다."

그들은 또다시 발걸음을 옮겼다. 딱히 정해진 목적지는 없다. 뒤쫓아 올 것만 같은 토벌대로부터 멀리 벗어나고 싶은 마음뿐이다.

"왕오름에 오르지 못할 바에야 어디엔가 잠자리를 찾아봐야 하지 않겠습니꽈?"

"조금만 더 가 봅시다."

산중의 저녁은 순간에 찾아온다. 아름다운 해넘이를 느낄 겨를도 없이 갑자기 밀려온다. 지구별의 제자리 돌림이 빠르다는 것을 새삼스럽게 느낀다. 얼마 가지 않아 땅거미가 찾아들었다.

"더 가다 보면 어두워서 한 발짝도 못 갑니다."

"여기에서 쉬면서 주변을 살펴봅시다."

집을 나섰지만 잠을 잘 곳이 없다. 주변을 살펴봤지만 마땅한 곳이 없다. 다리도 아프다. 배도 고프다. 그들은 가족들끼리 삼삼오오 뭉쳐 바위에 웅크리고 밤을 새웠다.

이튿날, 누가 뭐라 할 것 없이 모두 자리를 털고 일어났다. 오라는 데는 없지만 가야 한다. 토벌대의 발소리가 들리는 것만 같다. 새벽 안개를 헤치며 산속으로 들어갔다.

"무작정 앞으로만 갈 것이 아니라 몸을 숨길 만한 곳이 없나 살피면서 가면 좋겠습니다."

이장에 바짝 붙어 걷던 송시명이 제안했다.

"윗세오름에 올라 본들 우리가 발 뻗고 누울 자리가 있겠습니꽈?"

현병국이 맞장구를 쳤다.

하룻밤 밤이슬을 맞은 마을 사람들은 토벌대로부터 멀리 달아나기보다도 고단한 몸을 누일 자리가 더욱 간절했다. 이제부터 누구라 할 것 없이 수색대가 되고 탐험대가 되었다.

"어렸을 때 어른들 따라 왕오름에 오를 때 이 근처 어디엔가 동굴이 있다는 얘기를 들었는데 안 보이는구만."

제주도는 화산섬(火山島)이다. 화산 폭발을 할 때 용암이 흘러내리며 여기저기 오름이 솟아났고 동굴이 생성되었다. 천연 동굴이 200여 개가 넘는다. 해식 동굴 30여 개는 별도다. 여기에 일제는 제주도를 요새화하면서 인공 동굴을 만들어 포대를 구축했고 심지어 자살특공대 가미카제용 격납고도 만들었다.

"저기 바위 밑에 구멍이 있는데 한번 들어가 볼까요?"

앞서가던 변정욱이 소리를 질렀다.

"토끼 한 마리도 못 들어가겠는데요."

이장이 회의적인 미소를 흘렸다.

"오소리 한 마리는 드나들 것 같은데요."

“아냐, 너구리 한 마리는 드나들 것 같애.”

강구남이 맞장구쳤다.

“정욱이가 살펴봐요.”

모든 사람의 시선이 정욱이에게 쏠렸다. 바위 밑에 몸을 바짝 붙이고 돌멩이를 걷어 내던 정욱이의 손이 토끼 굴을 파헤치는 살쾡이처럼 바쁘게 움직였다.

“돌을 걷어 내면 사람 하나는 들어갈 수 있을 것 같은데요.”

순간, 환호성과 함께 마을 남자들이 달라붙어 돌을 걷어 내기 시작했다.

“이거 봐! 들어갈 수 있잖아.”

확보된 공간에 얼굴을 반쯤 집어넣은 정욱이가 ‘보물찾기’에서 숨겨진 보물을 찾은 소년처럼 환한 미소를 지었다.

“조금만 더 걷어 내면 몸통도 들어갈 수 있겠는데.”

그들은 손끝에서 피가 나는 줄도 모르고 돌을 걷어 냈다. 드디어 한 사람이 드나들 수 있는 공간이 확보되었다.

"들어가 봐야 우리 모두 들어갈 수 있는 공간이 있는지 알 수 있을 것 같은데 누가 들어가 볼 거야?"

이장이 여러 사람을 휘둘러보았다. 선뜻 나서는 사람이 없다. 들어가는 순간 수십 길 낭떠러지가 나타날지, 물웅덩이가 있을지, 사람을 해치는 맹수가 있을지, 독사가 똬리를 틀고 있을지, 시체 더미가 있을지, 처녀 귀신이 머리를 산발하고 있을지 아무도 모른다. 미지의 낯선 동굴은 두려움이었고 공포의 대상이었다.

"들어갈 사람이 없다면 내가 들어가 봐야겠군."

이장이 팔을 걷어붙이고 나섰다. 모두 서로 눈만 바라볼 뿐 나서는 사람이 없다. 이때였다.

"제가 들어가 볼게요."

후식이었다. 그는 체구가 작다고 '난쟁이 똥자루'라고 동네에서 왕따를 당하던 총각이었다. 타지에서 흘러 들어와 여기저기 일손을 도와주며 먹고사는 조금은 바보 같은 사람이었다.

사람들이 그의 허리에 칡넝쿨로 만든 동아줄을 둘러 줬다.

"들어가서 이상한 게 있으면 이 줄을 잡아당겨."
"예."

"귀신이 나타나면 소리를 지르고."
"옙."
"산발한 처녀 귀신 무서워서 소리도 못 지르고 기절하지 말고."
"알겠습니다."

후식이가 작은 몸을 동굴에 구겨 넣었다. 이 모습을 바라보던 사람들이 제발 아무 일이 없기를 간절히 바랐다.

잠시 후, 굴속으로 사라진 후식이가 칡 끈을 잡아당겼다.

"왜? 무슨 일이 있어?"
"안이 넓어요. 누구 한 사람 들어와 봐요."

희소식이다. 모두 입가에 안도의 웃음꽃이 피었다.

"제가 들어가 보겠습니다."

강구남이 굴속으로 들어갔다.

"안쪽이 굉장히 넓어요. 다 들어와도 괜찮겠어요."

기대하던 소식이다. 어린아이부터 굴속으로 들어갔다.

"자네하고 나하고는 굴 밖을 정리하고 들어가세."

이장이 송시명의 옷소매를 잡았다.

"돌을 치운 흔적이 보이면 토벌대의 눈에 띈단 말이야. 최대한 원형처럼 뒷마무리를 하고 흔적을 없애야 혀."
"나뭇가지를 꺾어서 덮어 놓고 들어갑수꽈?"
"나뭇가지는 곧 시들어 버려 오히려 위험해. '우리 여기 있소.' 하고 손짓하는 것 같애."

치웠던 돌무더기가 뒤집히지 않게 원래 있던 것처럼 세우고 마지막 돌을 덮었다. 그 순간, 동굴 안은 칠흑 같은 어둠으로 변했다.

잠시 후, 밝은 환경에서 활동하던 시신경의 원추세포가 어두운 환경으로 이동하는 암순응(暗順應)기를 지나니까 서서히 보이기 시작했다. 모두 비바람을 피하고 몸을 누일 수 있다는 곳에 들어왔다는 데에 안도하는 눈빛이다.

"우선 마실 물이 있는지 찾아보아라."

이장이 후식이에게 당부했다. 잠시 후, 정찰 나갔던 후식이가 돌아왔다.

"저기 들어가니까 종유석 아래 물웅덩이가 있는데 맑은 물이 고여 있었습니다. 손으로 한 움큼 마셔 봤는데 시원하고 물맛도 좋았습니다."

모두 생명수를 찾은 것처럼 기뻐했다.

쫓기는 몸을 숨길 곳이 있다. 고단한 몸을 누일 곳이 있다. 마실 물도 있다. 한데 불을 피울 수 없다.

배가 고프다. 자리를 고르고 누웠으나 잠이 오지 않는다. 밤하늘처럼 별이 보이지 않고 천장에서 물 떨어지는 소리만 정적을 깨고 청아하게 들린다. 그래도 긴장이 풀린 탓인지 모두 깊은 잠에 빠져들었다.

해가 떴는지 알 수 없다. 생체 시계가 알려 주는 대로 자리에서 일어났다. 이때였다. 동굴 밖에서 웅성거리는 소리가 들렸다.

"이 쥐새끼 같은 새끼들, 어디로 갔지?"

토벌대의 발소리가 동굴 밖에서 들렸다. 모두 긴장하여 숨소리를 죽였다.

"말제오름까지는 아직 못 간 것 같고 이 근처에 숨었을 텐데 샅샅이 뒤져 봐."

발소리는 멀어져 갔지만 굴속에 갇힌 사람들은 서로의 얼굴을 쳐다보며 말을 잃었다. 목이 탔다. 긴장하면 더 목마르다. 타는 목마름이다.

“시명이가 후식이를 데리고 좀 더 깊이 들어가 봐.”

발각될지 모르니까 좀 더 깊이 들어가자는 것이다. 후식이가 앞장
서고 종식이가 뒤따랐다. 얼마쯤 갔을까? 너른 광장이 펼쳐졌다. 인
공적으로 다듬어 놓은 것 같았다.

“1km 정도 들어가니까 막장인데 물이 질퍽거리고 습해서 오래 있
을 수 없었습니다.”

“그래도 동굴 입구 바로 앞에 있는 것은 위험하다. 더 깊숙이 들어
가자.”

모두 짐 보따리를 꾸려 동굴 깊은 곳으로 들어갔다. 공기는 습하고
여기저기 물 떨어지는 소리가 요란했다. 석순이 떨어지고 동굴이 곧
무너질 것만 같다.

중산간에서 소개된 주민들 ⓒ 국가기록원

3일이 지났다. 집을 떠나올 때 가지고 온 감자와 강냉이도 떨어졌다. 생감자가 몇 알 남아 있지만 불을 피울 수가 없다. ‘미숫가루라도 좀 챙겨올걸.’ 아쉬운 마음만 가득했다.

5일이 지났다. 호흡이 벅차다. 동굴 안의 산소가 고갈된 것인지 알 수 없다. 숨을 쉬기 힘들다. 굶주림에 지친 사람들이 생기를 잃어 가기 시작했다.

“이럴 줄 알았으면 동굴에 들어오지 말고 먹오름으로 오를걸.”

동굴에 들어온 것을 후회하는 목소리가 튀어나왔다. 원망하는 눈빛도 보이기 시작했다. 전형적인 결과에 대한 불만이다. 잘하면 내 탓, 못하면 네 탓이다.

7일이 지났다. 사람들이 하나둘 눕기 시작하고 일어나질 못했다. 젖이 말라 버린 엄마의 품을 파고들던 아기가 칭얼대기 시작했다.

“거 좀 아기를 달래 보라요.”
“빈 젖 빨던 아이가 칭얼대는데 어뜨케 달래 보라는 겁니꽝?”

모두가 신경이 날카로워졌다. 되받아치는 목소리가 악에 받쳐 있다.

“아이 하나 때문에 우리 모두 몰살당해서 죽을 수 있단 말입니다.”
“그래서 어쩌란 말입니꽈?”

핏발 선 목소리가 오고 갔다. 극한 상황에서 마주칠 수 있는 배려 없는 충돌이다. 동굴엔 2살배기 계집아이와 돌도 지나지 않은 아이가 있다. 2살배기는 엄마의 눈치를 보며 주위를 살폈다. 하지만 돌도 지나지 않은 사내아이는 막무가내다.

"아기를 데리고 나가든지 어떻게 좀 해 보란 말이오."

자의에 의한 추방을 강요하기에 이르렀다. 죽든지 살든지 나가라는 것이다. 공동체를 지탱해 주는 끌어안음이 비정으로 꿈틀대기 시작했다.

"아기를 데리고 나간다 한들 우리가 무사할 수 있을 것 같습니꽈?"

이장 김이섭이 목소리를 높였다.

"나가면 총 맞아서 죽을 것 같지만 그것은 우리의 희망 사항일 뿐, 저들은 생포해서 고문할 겁니다. 매에 장사 없습니다. 연약한 여자가 우리를 지켜 주기 위해 입 닫고 죽어 주란 말입니꽈? 그렇게 견디기 어려울 것이고 그렇게 하고 싶어도 저놈들은 우리의 위치를 밝혀낼 겁니다."

잠시 침묵이 흘렀다.

"우리는 한배를 탄 공동 운명체입니다. 죽어도 같이 죽고 살아도 같이 살아야 합니다."

<레드헌터>에 나오는 제주 도민 ⓒ 위키피디아

어른들의 살벌한 언어엔 아랑곳없이 아기의 울음은 그치지 않았다. 아기 엄마가 빈 젖을 아기 입에 욱여넣었다. 코 막힘에 버둥거리던 아기가 고개를 돌리며 자지러지게 울었다.

"우씨! 어떻게 좀 해 봐요."
"옘병!! 누군 애 안 길러 봤나?"
"아이씨~! 이러다 모두 죽겠어요."

배려가 사라졌다. 죽음의 공포 앞에 인간 존중이 실종되었다. 같이 살아야겠다는 마음보다도 누구로 인해서 '내가 죽을 수 있다.'라는 마음이 앞서갔다. 죽음 앞에 선 이기주의가 꿈틀거렸다.

"네가 우릴 죽이려고 그러느냐?"

말 없는 언어가 동굴 안을 둥둥 떠다니는 것 같았다. 그 언어가 자꾸만 등을 떠미는 것만 같았다. 누구랄 것도 없다. 모두의 시선이 그랬다.

남편 철식이는 마을에서 촉망받는 젊은이였다. 경성에서 사범학교를 졸업하고 해방 조국 서울에 눌러앉을 수 있었지만 고향에 내려와 '마을 사람을 계몽(啓蒙)해야 미래가 있다.'라고 생각하고 소학교 선생이 되었다.

부모들은 판검사가 되고 공무원이 되기를 바랐지만 철식이는 교사를 천직으로 생각했다. 소박한 꿈을 안고 있는 지아비를 사랑한 봉순이는 남편 철식과 함께 교직에 봉직하면서 철식을 존경했고 순종했다.

세상이 어지러운 혼란의 시대, 내려오면 살려 주겠다는 말을 믿고 산을 내려간 철식이는 총살당했다. 그와 살을 맞대고 살았던 봉순 역시 내려가면 죽일 것 같아 입산 대열에 끼어 동굴에 들어왔다. 한데, 아기로 인해 은신처가 발각되어 몰살 위기에 처했다고 아우성이다. 봉순은 깊은 고민이 빠졌다.

그날 밤, 봉순이는 칭얼거리는 아기를 안고 잠을 이룰 수 없었다. 동굴 밖에선 천사가 손짓하고 등 뒤에선 악마가 등을 떠미는 것 같았다.

'나가서 내가 죽는 한이 있어도 아기만 살아남았으면 좋겠다.'

하지만 희망 사항일 뿐 자신이 없었다. 아기 목숨은커녕 다 죽을 것만 같았다.

'아기를 안고 동굴 밖으로 나가 생포된다면 살이 튀고 뼈가 으스러지는 고문을 이겨 낼 자신이 없다. 살려 달라고 통사정하면 저들이 살려 줄까?'

자신도 모르게 고개가 좌우로 흔들렸다.

'어림없는 소리다. 저들이 자비를 베푸는 사람들이라면 남편을 죽이지 않았을 것이다.'

가슴이 답답해 왔다.

'길은 하나밖에 없다.'

마음을 정리하고 나니 한결 마음이 가벼워졌다.

무장한 경찰의 감시를 받으며 군인이 운전하는 군용 쓰리쿼터 반트럭에 실려 어디론가 끌려가는 여인 ⓒ 국가기록원

검은 돌의 하얀 눈물

그날 밤, 봉순이가 쌔근쌔근 잠들어 있는 아기를 끌어안았다. 무서운 꿈을 꾸고 있는지 고사리 같은 손가락이 꼼지락거렸다. 다시 더 세게 가슴으로 당겼다. 칠흑 같은 어두움에 아기의 눈동자는 보이지 않았지만 더 진한 체온을 느끼며 생긋 웃는 것만 같았다.

봉순의 눈에서 뜨거운 눈물이 흘러내렸다. 봉순이가 왼쪽 가슴을 풀어 헤치고 젖꼭지를 물렸다. 꽃잎처럼 부드러운 아기의 혀가 움직였다. 유액을 빨아들이려는 동작이 아니라 본능적인 우물거림이었다. 그 순간, 봉순의 양팔에 힘이 가해졌다. 아기가 꿈틀거렸다. 그럴수록 봉순의 팔에 힘이 더해졌다.

얼마의 시간이 흘렀을까? 몸부림치던 아기가 축 늘어졌다. 거의 같은 시각, 아기의 맥박이 잦아들고 팔딱거리던 심장이 멎었다. 가쁜 숨을 몰아쉬던 숨도 멎었다.

아기의 시신 위로 뜨거운 눈물이 폭포수처럼 흘러내렸다. 고의에 의한 질식사. 법률적으로는 살인이다. 그것도 힘없는 영아 살인이다. 천륜을 어기는 일이 벌어진 것이다.

홍수에 떠내려가는 아기를 살리기 위해 물속으로 뛰어드는 것이 엄마의 마음이다. 훨훨 타오르는 불길 속으로 뛰어드는 것이 모성애(母性愛)다. 인간 이전의 동물적인 본능이다.

인간이기를 거부하는 일이 벌어졌다. 짐승보다 못한 일이 벌어졌다. 인간의 본성을 거스르는 역행(逆行)이다. 하늘도 울고 땅도 통곡할 일이 벌어진 것이다. 인간이 인간을 먹는 야수의 시대에나 있을 법한 일이 벌어졌다.

일본 에도시대, 엄마가 자식을 살해하는 일이 암묵적으로 이루어졌다. 마비키(間引)다. 밭에서 채소를 솎아 내거나 산에서 나무를 간벌하듯이 아무런 죄의식 없이 행해졌다. 그들은 신께 되돌려 준다는 뜻으로 코카에시(子返)라 합리화했지만 식량 부족으로 인한 굶주림에서 벗어나기 위한 먹는 입(食口) 조절과 남아에 의한 노동력 확보, 인두세를 탈피하기 위한 계산된 행위였으므로 생명 경시 사상과 야만성에서 자유로울 수 없다.

동이 터 오는지 알 수 없다. 동물적 느낌으로 새날이 밝은 것 같다. 봉순은 의외로 담담했다. 하지만 봉순을 바라보는 주위의 시선은 경계하는 눈빛이다. 공격성이 어디로 튈지 모르는 두려움이다. 자식을 죽인 어미. 새끼를 잡아먹은 어미 짐승을 보는 듯한 경멸의 눈빛이다.

이장도 말을 잃었다. 아기가 어떻게 되었느냐고 묻지 못했다. 봉순이의 신경이 예민해져 있다. 작두 위에서 칼을 물고 춤추는 무당 같았다. 입에 물고 있는 칼이 어디로 튈지 모른다. 아니, 입술을 베이면서 칼을 뽑아 칼춤을 출지 모른다. 입에서 흘러내리는 피를 볼 수도 있다. 눈이 뒤집힌 악마의 피의 제전이 벌어질지도 모른다. 무섭다. 예측 불허다.

애도할 수도 없고 반길 수도 없다. 동굴 밖으로 나가라고 등 떠밀던 사람들도 말문을 닫았다. 살벌한 기운이 동굴을 맴돌았다. 누구라도 건들면 터질 것만 같았다. 터지면 피바다다. 너도 젖고 나도 빠질 수 있다.

그날 밤, 봉순은 잠을 이루지 못했다. 자식을 죽인 어미. 자식을 제 손으로 죽인 여자, 자식을 제 가슴으로 죽인 여성. 자식을 먼저 떠나보내면 가슴에 묻는다 했는데 제 가슴으로 죽인 여인. 가슴에 새겨진 낙형으로 그녀는 잠을 이룰 수 없었다. 살아 있다는 것이 부끄러웠다. 살아 있어야 할 이유가 없었다. 인간에 대한 모멸감과 자책감을 견디지 못한 그녀는 손목의 동맥을 그었다.

바로 옆자리에서 새우잠을 자고 있던 철식이 엄마는 냉기가 흐르는 동굴에서 뜨뜻함을 느끼고 소스라치게 놀랐다. 봉순이 피범벅이 되어 쓰러져 있지 않은가. 그녀는 치마를 찢어서 지혈을 했다.

"사람 살려요."

힘이 없어서 목소리가 나오지 않았다.

"이자앙님!"

잠결에 이장이 힘없는 목소리를 들었다.

"무슨 일이 있어요?"

이장 역시 목소리에 힘이 없었다.

"애기 엄마가 칼을 댔어요."

이장을 비롯한 주변 사람들이 몰려오고 응급조치를 하여 목숨은 구했다.

2주일이 지났다. 입술에 허연 소금이 돋았다. 물만 마시고 살 수 있는 인간의 한계를 시험하는 14일이 지났다. 모두가 축 늘어져 있다. 눈이 퀭하고 살아 있는 송장이다. 입술에서 모래 구르는 소리가 들린다. 여기저기서 귀신이 울부짖는 소리가 들리는 것만 같다. 환청인지 구별할 감각도 죽었다.

죽은 시신도 여기저기 뒹굴고 있다. 죽은 자와의 동침도 벌써 여러 날째다. 숨쉬기 운동도 힘들다. 장례는 언감생심, 동굴 생활에선 사치다. 인간이기를 포기한 지도 오래다. 부패하면 부패한 대로 방치할 수밖에 없다.

"여기서 죽으나 나가서 죽으나 죽는 건 매일반인데 나갑시다."

이장이 선언했다. 생의 마지막 지푸라기다. 나가서 다행히 안 죽을 수 있는 요행을 바라보자는 것이다. 식량이 없는 동굴 안에 있는 건

죽는 게 시간문제다. 나가면 살 수도 있다는 것이다.

"나가면 죽을 게 뻔한데 나는 여기 남을 겁니다."

잔류자가 나타났다. 단식 투쟁이 아니라 아사(餓死)를 자청한 것이다.

"살암시민 살아집니다."

굶어 죽을지라도 저들의 총에 맞아 죽기는 싫은 것이다. 사람 죽이는
것을 놀이로 생각하는 저들의 시시덕거림의 제물이 되고 싶지 않다는
것이다. 저들의 전과를 위한 희생양이 되고 싶지 않다는 것이다.

"산으로 오르는 것도 자발적이었고 내려가는 것도 자유의사입니
다. 내려갈 사람은 나와 함께 나가고 남고 싶은 사람은 여기에 남으
십시오."

이장이 일어섰다. 다리가 휘청거린다. 현기증이 몰려왔다. 가까스
로 종유석을 붙잡고 이장이 중심을 잡았다.

동굴 입구를 가렸던 돌을 치웠다. 햇살이 눈부시다. 눈을 뜰 수가
없다. 팔뚝으로 눈을 가렸다. 맑은 공기가 폐부를 파고든다. 심호흡
을 했다. 이때였다.

"쥐새끼 같은 노무 새끼들."

낚아채는 손이 있었다. 동굴 문을 지키고 있던 청년단원 손길이었다.

"주임님, 이 새끼 잡았습니다."

전리품을 손에 쥔 청년단원이 경찰에게 인계했다. 넘겨받은 경찰은 묻지도 따지지도 않고 방아쇠를 당겼다.

"빵!"

차가운 금속성과 함께 이장이 꼬꾸라졌다.

"이년은 애새끼를 달고 나오네."

두 살배기 계집아이를 안고 나오던 부인의 머리채를 청년단원이 잡아챘다. 힘없는 여인이 쓰러졌다. 품에 안겨 있던 아기를 낚아챈 청년단원이 아기의 두 다리를 붙잡고 바위에 패대기쳤다.

허연 골수가 검은 바위에 뿌려졌다. 검은 돌이 하얀 눈물을 흘렸다. 검은 돌의 하얀 눈물이었다.

-끝-

계엄령

1판 1쇄 발행 2025년 07월 21일

지은이 이정근

교정 주현강　**편집** 유주은　**마케팅·지원** 이창민

펴낸곳 (주)하움출판사　**펴낸이** 문현광

이메일 haum1000@naver.com　**홈페이지** haum.kr
블로그 blog.naver.com/haum1000　**인스타그램** @haum1007

ISBN 979-11-7374-107-4(03810)